Abgrundtief – ein… …le

Berchtesgaden-Kr…

VERLAG PLENK
BERCHTESGADEN

Gewidmet Irmgard und Heli,
dem ehemaligen Pächterehepaar des Stahlhauses,
Charlie und Camillo,
meinem Münchener „Leihkater".

Brigitte Schönborn

Abgrundtief – eine Alpenidylle

Berchtesgaden-Krimi

Impressum

1. Auflage, Frühjahr 2013

ISBN 978-3-940141-96-5

Bibliografische Information der Deutschen Bibliothek: Die Deutsche Bibliothek verzeichnet diese Puplikation in der Deutschen Nationalbibliografie; detaillierte bibliografische Daten sind im Internet über http://dnb.ddb.de abrufbar.

Autor	*Brigitte Schönborn*
Verlag	*Verlag Anton Plenk* *Koch-Sternfeld-Str. 5* *83471 Berchtesgaden*
Satz, Layout	*Valentina Kraus-Plenk, Berchtesgaden*
Gesamtherstellung	*Druckerei Plenk, Berchtesgaden*
Bildnachweis	*Umschlag: Charlie der Kater, Privatbesitz* *Seite 17, Werner Mittermeier* *Alle restlichen Bilder aus Privatbesitz und Verlagsarchiv*

Die wichtigsten Personen

Clarissa und Bastian Reitmair,
besitzen eine Fremdenpension in der Schönau
Franzi, ihre Tochter
Amelie Strasser,
Schwester von Clarissa, verheiratet mit
Victor Strasser, Architekt, München
Nico, ihr Sohn
Kathi Sonnbichler,
besitzt den Sonnbichlerhof und die Sonnbichlalm auf dem Jenner, führt eine Fremdenpension
Vinzenz Angermüller, Kathis Neffe
Sophie und Anton Kranzler,
wohnen und arbeiten bei Kathi
Steffen, Antons Freund
Irmgard und Heli,
Hüttenwirte des Carl-von-Stahl-Hauses am Torrener Joch auf dem Jenner
Christa und Gottfried,
Hüttenwirte des Schneibsteinhauses am Jenner
Poldi,
Norwegischer Waldkater auf dem Schneibsteinhaus

Bergmüller, Hotelier
Hansen, Bauunternehmer
Paul Hansen, sein Sohn,
Freund von Vinzenz
Georg Mühlbauer, Jungbauer
Heinze,
Revierleiter der Polizeiinspektion
Berchtesgaden
Wegscheider,
Kriminalhauptkommissar aus Traunstein
Leineweber, Kriminalkommissar aus Traunstein
Dr. Magnus, Notarzt
Michel Bergoner, Polizeibergführer
Dr. Flasche,
Oberarzt im Kreiskrankenhaus
Bad Reichenhall
Dr. Michaelis, Staatsanwalt aus Traunstein

und am allerwichtigsten ...

Hauptkommissar Charlie

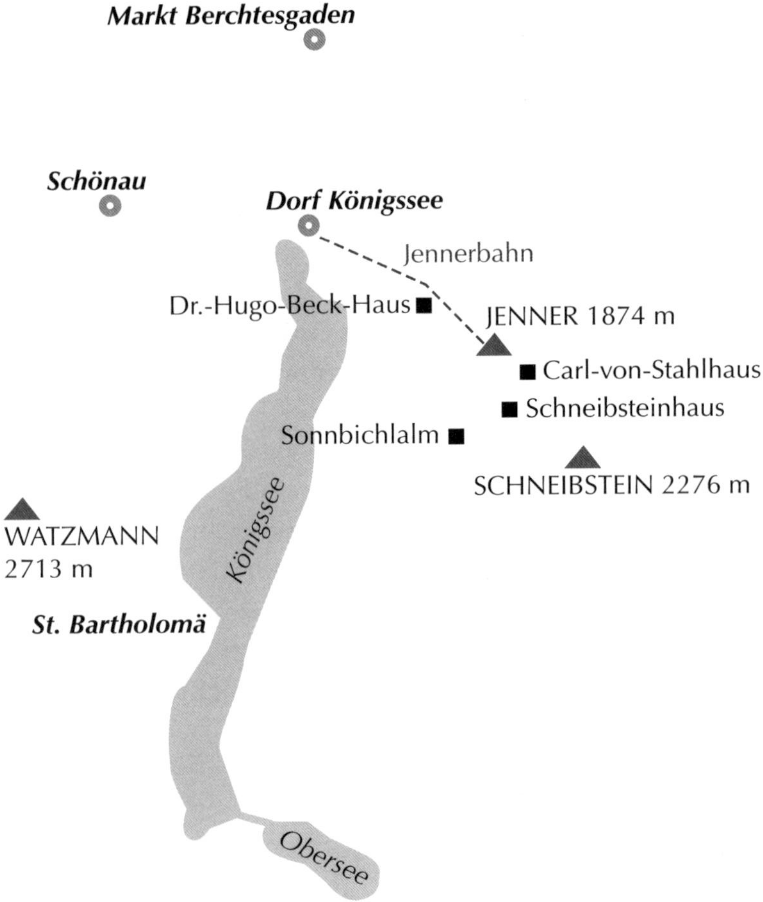
Markt Berchtesgaden
Schönau
Dorf Königssee
Jennerbahn
Dr.-Hugo-Beck-Haus
JENNER 1874 m
Carl-von-Stahlhaus
Schneibsteinhaus
Sonnbichlalm
SCHNEIBSTEIN 2276 m
WATZMANN
2713 m
Königssee
St. Bartholomä
Obersee

Ouvertüre

War das ein Sommer gewesen, ereignisreich, turbulent, aufregend.

Nicht, dass er mir missfallen hätte, dieser ganze Wirbel um meine Person. Genossen habe ich es schon, total im Blickpunkt des allgemeinen Interesses zu stehen. Geschmeichelt habe ich mich gefühlt und mich gesonnt im warmen Scheinwerferlicht der Fotografen und Kameraleute.

In allen Medien bin ich präsent gewesen, voll des Lobes war man über meinen Spürsinn, meinen Mut, meine Entschlossenheit. In der Presse war die Rede von „Kommissar Charlie“, ohne dessen Hilfe die örtliche Polizei wohl im Dunkeln getappt wäre. In den „Salzburger Nachrichten“ machte man mich sogar zum Hauptkommissar, was ich, ohne besonders eitel zu sein, im Anbetracht meiner Verdienste durchaus als gerechtfertigt empfinde.

Für die Urlauber im Berchtesgadener Land galt ich als die Attraktion, als ein Muss, mich im Carl-von-Stahl-Haus am Torrener Joch auf dem Jenner, meinem ständigen Domizil, zu besuchen.

Alle kamen sie, Touristen wie Einheimische.

An der Talstation der Seilbahn standen sie an und pilgerten in langen Schlangen von der Gipfelstation bis zum Joch. Die Einheimischen kamen am Wochenende meistens zu Fuß mit ihren Kindern. Jeder wollte einen Blick auf mich erhaschen, wollte mich fotografieren oder mich sogar anfassen und streicheln.

Streicheln?

Natürlich „streicheln", denn ich, Charlie, ich bin wohl der berühmteste Kater im Berchtesgadener Land, ja bestimmt sogar von ganz Bayern oder vielleicht von ... von ganz Deutschland.

Meiner Spürnase ist es schließlich zu verdanken, dass der Kriminalfall, der diesen Sommer für so große Aufregung gesorgt hatte, aufgeklärt wurde.

Vorspiel

Wie alles begann

Acht Jahre lebe ich, Charlie, der Kater, nun schon im Carl-von-Stahl-Haus am Torrener Joch auf dem Jenner, einem beliebten Ausflugsziel der einheimischen Bevölkerung und vieler Touristen, die im Berchtesgadener Land Urlaub machen, beliebt wohl auch deshalb, weil fast bis zum Gipfel eine Zweiergondelbahn heraufführt.

Zum Jennergipfel mit seinen 1.874 Metern ist es dann nur noch ein Katzensprung. Die Aussicht von dort oben muss grandios sein; alle schwärmen von dem großartigen Panorama, obwohl ich diesem Aspekt kaum etwas abgewinnen kann, denn ich setze andere Prioritäten.

Auf einem bequemen Fußweg ist dann das Stahlhaus von der Bergstation aus in gut fünfundvierzig Minuten zu erreichen.

Auch viele Einheimische finden vor allem am Wochenende den Weg herauf; Bergsteiger übernachten hier oben, um von hier in aller Frühe zur „kleinen" oder „großen Reibe" aufzubrechen. Das ganze Jahr ist immer etwas los, denn im Winter herrscht reger Skibetrieb.

Aufgewachsen bin ich allerdings unten im Tal, in der Schönau am Königsee auf einem ehemaligen Bauernhof, der zu einer Fremdenpension umgestaltet worden ist.

Dort lebt die zehnjährige Franzi mit ihren Eltern. Auch Nico, ihr gleichaltriger Cousin, ist oft hier und wohnt dann im ehemaligen „Austragshäusl", das sein Vater, Victor Strasser, ein Münchener Architekt, zu einer Zweitwohnung ausgebaut hat.

Die Mütter von Franzi und Nico sind Schwestern und auf diesem Bauernhof groß geworden. Während Amelie, Nicos Mutter, Grundschullehrerin ist und nach München geheiratet hat, leben Franzis Eltern, Bastian und Clarissa Reitmair, in der Schönau; Bastian betreibt eine Möbelschreinerei und seine Frau führt die Pension.

Mit meinen drei Geschwistern habe ich fast gleichzeitig mit Franzi und Nico das Licht dieser Welt erblickt. Zugegeben, ich bin, ohne angeben zu wollen, ein sehr attraktiver Kater, schwarzweiß mit einem schön gezeichneten Gesicht. Ich trage eine Frisur mit Mittelscheitel, wie die berühmte Mona Lisa. Ich habe einmal in einer Zeitschrift ein Bild von ihr gesehen und Clarissa meinte: „Charlie, du interessierst dich für Malerei? Das ist die berühmte Mona Lisa. Sie hängt im Louvre in Paris." Das habe ich zwar nicht ganz verstanden (wieso diese Frau irgendwo hängt), doch das Bild hat mir gefallen, schon wegen der Ähnlichkeit.

Außerdem habe ich mich schon von klein auf durch meine Wissbegierde und meinen unbändigen Tatendrang ausgezeichnet.

Gerade war ich zwei Jahre alt geworden, da ging es hier wieder einmal sehr turbulent zu. Amelie war mit Nico aus München zu Besuch gekommen und ich hatte kaum Ruhe vor den beiden Kleinen. Menschenkinder in diesem Alter haben ja im Gegensatz zu uns Tieren kaum Verstand und wissen auch noch nicht, mit Katzen richtig umzugehen. Ich wollte mir ein ruhiges Plätzchen suchen, an dem mich niemand entdecken sollte. In der Diele standen zwei offene Rucksäcke, die meinen Forschergeist anregten. Neugierig steckte ich meinen Kopf in den ersten: das roch nach Clarissa. Ja, sie hatte einen kuscheligen Pulli eingepackt. Deshalb beschloss ich, es mir in dem warmen Dunkel gemütlich zu machen. Ich ahnte auch noch nichts von den bevorstehenden Ereignissen, als Clarissa den Rucksack zuschnürte und ihn schulterte: Ich liebe es nämlich getragen zu werden und schlief doch tatsächlich ein. Doch dieses Mal wurde mir meine Abenteuerlust zum Verhängnis; ich wurde plötzlich wach, weil mir ganz entsetzlich übel war. Alles drehte sich. Jämmerlich fing ich an zu miauen.

„Hast du das gehört? Das kam aus deinem Rucksack!“, vernahm ich Amelies Stimme und schon wurde die Verschnürung gelöst.

Schnell den Kopf heraus! – Luft! – Aber wo war ich? In einer Art Käfig aus Metall zusammen mit den beiden Schwestern. Und dieser Käfig schaukelte durch die Luft. „Gondel" sagen, glaube ich, die Menschen dazu. Amelie und Clarissa saßen mit mir in der Seilbahn, die zum Jenner hinaufführt.

Wie ich aus ihren Äußerungen entnehmen konnte, hatten sie vor, Irmgard und Heli, das Pächterehepaar des Stahlhauses, mit denen sie schon lange befreundet waren, zu besuchen, während im Tal die Oma auf Franzi und Nico aufpasste. Für mich gab es nun kein Zurück mehr. Ich musste mit bis zur Gipfelstation. Endlich war das Geschaukel überstanden. Dann ging es weiter bis zum Stahlhaus, denn die beiden Schwestern wollten sich den Tag von mir nicht vermiesen lassen und kehrten nicht um. Die wunderschöne Bergwelt würdigte ich keines Blickes, denn mir war immer noch ziemlich blümerant zumute.

Als wir das Stahlhaus erreicht hatten, standen Irmgard und Heli vor der Tür. War das eine Begrüßung! Da mir jeder Sinn für menschliche Ironie fremd ist, nahm ich die Bemerkung von Clarissa: „ Schaut, was wir euch mitgebracht haben!", für bare Münze, denn sie deutete dabei auf mich. Geschockt sauste ich wie der Blitz aus dem Rucksack hinein ins Haus, die Treppe hinauf, aber wohin? Ich musste mich verbergen, bis die beiden sich wieder auf den Heimweg machen würden. Eine

Tür stand offen – ich nichts wie hinein. Zwei Stockbetten standen in dem schmalen Raum und schon hatte ich mich unter einem der Lager versteckt. Zu meinem Entsetzen fiel die Zimmertür ins Schloss und ich war eingesperrt.

Da saß ich in der Falle. In den Rucksack konnte ich nun nicht mehr heimlich hineinkriechen.

Am späten Nachmittag wurde es laut, die Tür ging auf, aber nur zwei müde Wanderer betraten den Raum. Unbemerkt konnte ich hinaus und die Treppe hinunter. Aber so viel ich mich auch umschaute, von Amelie und Clarissa keine Spur. Sicher hatten sie nach mir gesucht, aber dann war es immer später geworden. Sie mussten mich verlassen und ohne mich den Heimweg antreten.

Von irgendwoher roch es nach Essen und ich merkte erst jetzt, dass ich ziemlich hungrig war. Dem Geruch folgend landete ich natürlich in der Küche. Schon wurde ich von Irmgard und Heli entdeckt.

„Da ist ja unser Ausreißer!“, lachten sie.

Irmgard meinte: „Ich rufe sofort unten an, dass Charlie wieder aufgetaucht ist.“

Heli füllte gleich einen Napf mit Wasser und einen anderen voll mit köstlichem Fressen. Nach dem ausgestandenen Schrecken schmeckte alles besonders gut.

Satt und zufrieden ließ ich mich auf der Bank in der Küche nieder, putzte mich ausgiebig, genoss die Streicheleinheiten, die man mir zukommen ließ; dann rollte mich zusammen und schlief erschöpft bis zum nächsten Morgen.

Nach einem ausgiebigen Frühstück, einem Besuch einer gewissen Örtlichkeit – glücklicherweise gab es nicht nur Steine, sondern es war genügend weiche Erde vorhanden – und nach einer gründlichen Morgentoilette war ich schon wieder voller Tatendrang. Ich wusste ja nicht, wann ich wieder nach unten musste und so beschloss ich, die Gegend ein wenig zu erkunden. Alles war hier oben so ganz anders und sehr aufregend. Ich muss sagen, es gefiel mir. Überall roch ich Spuren von Mäusen; mein Jagdinstinkt erwachte. Leider war ich gerade noch vollkommen satt, aber schon die Aussicht auf so viel Beute war phantastisch. Ach, es muss bestimmt herrlich hier oben sein.

Für Irmgard und Heli entwickelte ich ziemlich schnell innige Zuneigung, die natürlich auf Gegenseitigkeit beruhte. Sie wollten mich unbedingt oben behalten; und als meine Menschen vom Tal heraufkamen, hatten diese auch nichts dagegen. Außerdem entscheiden Katzen von Natur aus selbstbestimmt, wo und bei wem sie bleiben möchten.

Und so wagte ich ein Leben – vorläufig auf Probe – in den Bergen.

Meine Streifzüge wurden immer ausgedehnter, niemand machte mir mein Revier streitig. Auf allen umliegenden Gipfeln war ich zu finden, in allen Almen war ich zu Hause. Mein Stützpunkt, mein Hauptdomizil war natürlich das Stahlhaus, wo ich liebevoll umsorgt wurde. Vom Tal kamen immer wieder meine ehemaligen Leute herauf, um mir zu zeigen, dass sie an mich dachten und um sich zu überzeugen, dass ich mich wohl fühlte und es mir an nichts fehlte.

Ich führte also ein glückliches unbeschwertes Leben als der eigentliche Herr der Berge.

Carl-von-Stahl-Haus

Erster Akt – 1. Szene

Acht Jahre später

Es ist kaum zu glauben, aber es sind wirklich acht Jahre vergangen, acht Jahre, in denen ich mein Leben in der großen Freiheit der Bergwelt wirklich genossen habe.

In der ersten Zeit war ich oft ganze Tage und Nächte unterwegs, denn mein Revier verfügt über eine beträchtliche Ausdehnung und ich musste ja schließlich nach dem Rechten sehen. Beute gab es reichlich, so dass ich wirklich gut genährt war und auch die Fleischtöpfe im Stahlhaus waren immer gefüllt.

Doch inzwischen bin ich ruhiger geworden und lege Wert auf mehr Bequemlichkeit und Fürsorge und streichelnde Hände. Meine Dankbarkeit erweise ich dann dadurch, dass ich an den mir zugetanen Menschen emporklettere und mich wie ein Schalkragen um den Hals lege. Sie lieben diese von mir erwiesene Geste.

Ein weiterer Grund dafür, dass ich mich nun mehr in der Nähe des Stahlhauses aufhalte, ist Poldi, ein neuer Bewohner des Schneibsteinhauses, das bequem von uns aus in ein paar Minuten erreicht werden kann. Mit den Hunden dieses Hauses habe ich mich ja arrangiert, wir vertragen uns. Doch Poldi ist trotz seines bayerischen Namens eine Rassekatze, ein „Norwegischer Waldkater“. Ich bin ja von recht stattlicher Gestalt und wie schon erwähnt, sehr interessant gezeichnet, doch dieser Kater ist wirklich eine Schönheit, groß, getigert, langhaarig, mit einem buschigen Schwanz und einer weißen Halskrause. Vielleicht ist es meine innere Größe, die mich ihm überlegen macht. Regelmäßig liefere ich mir Kämpfe mit ihm, wobei er immer den Kürzeren zieht. Schließlich war ich zuerst hier und muss doch mein Revier und mein Heim verteidigen.

Auch auf der Sonnbichlalm, die auf dem Bergrücken zwischen Schneibsteinhaus und Königstalalm liegt, hat er nichts zu suchen; dort kommen oft Freunde von mir hin, bei denen er sich vielleicht einschmeicheln will. Das kann ich auf keinen Fall dulden. Aus diesem Grund kontrolliere ich das Gebiet vom Schneibsteinhaus bis zur Sonnbichlalm ziemlich regelmäßig.

Natürlich sind auch Franzi und Nico älter und verständiger geworden. Nico verbringt mit seinen Eltern immer die ganzen Sommerferien in der Schönau und ist dann meistens mit seiner Cousine unterwegs.

Oft besuchen sie mich oben am Berg, machen sich bei Irmgard und Heli nützlich oder streifen umher.

Dieser Sommer begann wie immer. Nichts ließ zuerst auf außergewöhnliche Vorkommnisse schließen, obwohl ... ich hätte es ahnen müssen, hätte den an sich ziemlich unbedeutenden Ereignissen mehr Beachtung schenken müssen.

1. Intermezzo

Im Tal

In den letzten Jahren hat sich das Verhalten der Touristen verändert. Einmal sind sie, was zum Beispiel die Unterkünfte anbetrifft, anspruchsvoller geworden. Zum anderen verlangen Familien mit Kindern schon aus Kostengründen eher Ferienwohnungen. Hotels mit allem Komfort werden aber auch gerne gebucht. Einfache Gästezimmer sind kaum noch gefragt. Das Fremdenverkehrsgewerbe unterliegt einer Strukturveränderung: der Gast verlangt mehr Spaß- und Vergnügungsangebote. Und so sind immer mehr Hotelanlagen mit Wellness- und Freizeitangeboten entstanden.

Warum das alles erwähnenswert ist? Diese Veränderungen riefen auch Spekulanten auf den Plan, die sich durch unsaubere Geschäfte bereichern wollten und schließlich den Grund für die kriminellen Handlungen in diesem Sommer lieferten.

Franzis Eltern kennen in Bezug auf die Belegung ihrer Zimmer keine Sorgen. Sie können auf ihre Stammgäste zurückgreifen, die jeden Sommer kommen, weil sie sich wohl fühlen, den herzlichen familiären Kontakt der doch etwas unpersönlichen Atmosphäre eines großen Hotels vorziehen und durch Mundpropaganda die Unterkunft weiter empfehlen.

Etliche Gäste mit Kindern machen auch gerne Ferien auf dem Bauernhof, damit die lieben Kleinen aus der Stadt ein-

mal Tiere auf dem Land hautnah erleben können. Sie könnten sonst glauben, Kühe hätten ein lilafarbenes Fell.

Da gibt es zum Beispiel das Anwesen von Kathi Sonnbichler. Vor Jahren bewirtschaftete sie mit ihrem Mann Joseph den Sonnbichlerhof, der sich auf Milchwirtschaft spezialisiert hatte. Nebenbei vermietete sie damals schon Fremdenzimmer.

Nachdem der Sepp gestorben war, sie jedoch kinderlos geblieben war, verkleinerte sie den Viehbestand, dazu kamen aber im Gegenzug noch Federvieh, Ziegen, Hasen und Esel dazu, denn nur Kühe sind für die Gäste nicht interessant genug.

Ihr einziger Verwandter ist Vinzenz Angermüller, der Sohn ihrer verstorbenen Schwester, der allerdings das Leben in der Stadt bevorzugt und der, wie man weiß, gerne einer geregelten Arbeit aus dem Weg geht. So stellte sie Sophie und Anton Kranzler ein, ein junges Ehepaar, das ihr auf dem Hof zur Hand geht und auch bei der Versorgung der Gäste behilflich ist. Die beiden durften sich im Austragshäusl einrichten. Das Verhältnis der drei gestaltete sich als sehr harmonisch, sie arbeiteten gut zusammen, verstanden sich prächtig und bildeten bald eine richtige kleine Familie: Kathi behandelt sie wie eigene Kinder.

Zu dem Bauernhof gehört schon immer die Sonnbichlalm oben am Jenner. Zum Vergnügen der Gäste und vor allem ihrer Kinder werden regelmäßig Ausflüge mit den Eseln Max und Moritz zu dieser Alm veranstaltet. Und dort lernten Sophie und Anton auch unseren Kater Charlie kennen.

In den großen Ferien gesellten sich dann Franzi und Nico dazu, denn die beiden sind oft bei Kathi auf dem Sonnbichlhof und dürfen die Esel mit auf die Alm begleiten...

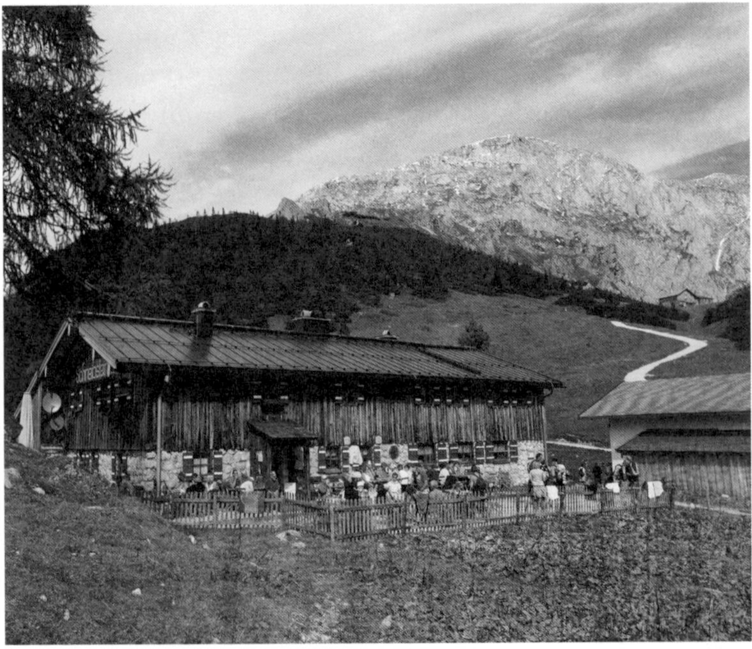

Schneibsteinhaus

Erster Akt – 2. Szene

Der Katzenhasser

Wie ich schon erwähnt habe, deutete nichts zu Beginn der Urlaubszeit in diesem Sommer darauf hin, dass sich etwas Schreckliches ereignen würde. Alles war wie immer.

Irmgard und Heli verwöhnten mich, ich ließ mich ab und zu herab, mich von Gästen streicheln und auf den Arm nehmen zu lassen, durchforschte und markierte mein Revier, erlegte im Vorübergehen einige Mäuse und machte natürlich Jagd auf Poldi.

Besonders liebe ich es, einen Ausflug zur Sonnbichlalm zu machen, denn Franzi, Nico, Kathi, Sophie und Anton, mit denen ich mich besonders gut verstehe, kommen oft mit den Eseln herauf. Sie bringen mir meistens kleine Leckereien mit, was natürlich nicht ausschlaggebend für meine Zuneigung ist, aber immerhin doch ziemlich reizvoll.

Erste Ungereimtheiten hätten mir aber auffallen müssen, wie die an einem wunderschönen Morgen im Frühsommer. Die großen Ferien in Bayern hatten noch nicht begonnen. Ich erledigte zuerst meine üblichen Geschäfte, um mich dann gegen Mittag zur Alm zu begeben. Aber es war noch zu früh, niemand war zu erblicken. Also rollte ich mich auf der Bank vor der Hütte im warmen Sonnenschein zusammen und hielt ein Schläfchen.

Eine Stimme weckte mich plötzlich: „Was will denn dieses verdammte Katzenvieh hier?“

Ich schreckte auf: „Was, noch eine Katze? Ist Poldi hier?“ Aber weit und breit kein Artgenosse! Nur ein mir unbekannter Mann schaute mich drohend an.

Der meinte ja mich!

Menschen, die so über eine Katze reden, denen ist nicht zu trauen. Mit einem Satz war ich von der Bank und hinter einem Stapel Brennholz verschwunden. Doch bald wagte ich, meinen Kopf ein wenig hervorzustrecken um zu beobachten, was dieser Fremde, den ich noch nie gesehen hatte, wohl vorhatte. Aus seinem Rucksack kramte er einen großen Schlüssel hervor, sperrte die Almhütte auf und verschwand im Innern.

Woher hatte der Kerl den Schlüssel? War das ein Einbrecher, ein Dieb?

Schon wieder waren Stimmen zu hören. Sophie und Anton nahten mit Max und Moritz. Die Esel waren voll beladen mit Vorräten, die man auf der Alm benötigte, um die Gäste bei den späteren Ausflügen bewirten zu können.

Ich wollte die Beiden ja warnen. Aber wie?

Sie banden die Esel fest, gingen zur Tür um aufzuschließen, wunderten sich, dass nicht abgeschlossen war, betraten die Hütte ... ein lauter Wortwechsel war zu vernehmen ... doch so sehr ich mich bemühte, die da drinnen zu belauschen, ich verstand draußen kein Wort.

Plötzlich stürmte der Eindringling hinaus, drehte sich noch einmal um, schrie: „Eure Tage hier sind gezählt!“ und machte sich im Eilschritt auf den Weg zum Schneibsteinhaus.

Nach einer Weile kamen auch Sophie und Anton wieder heraus. Ich machte mich bemerkbar, doch die beiden nahmen kaum Notiz von mir.

Sie begrüßten mich zwar mit: „Na, Charlie, du bist ja auch da!“, wirkten aber irgendwie abwesend; sie luden die Esel ab, trugen die Vorräte ins Haus und machten sich so schnell wie möglich mit den Tieren auf den Heimweg.

Komisch, so hatten sie sich mir gegenüber noch nie verhalten. Die lauten Worte in der Hütte waren wohl die Ursache gewesen. Um was war es dort nur gegangen?

Dann machte auch ich mich auf den Weg zum Stahlhaus und hatte die ganze Begebenheit bald vergessen, obwohl ich argwöhnisch, wie ich an sich zu sein pflege, dem ganzen Vorfall mehr Beachtung hätte schenken müssen.

2. Intermezzo

Endlich Sommerferien

Inzwischen hatten in Bayern die Sommerferien begonnen. Nico fuhr gleich am nächsten Tag mit seinen Eltern in die Schönau. Mit einem voll beladenen Auto starteten sie in den wohlverdienten Urlaub, natürlich nicht über die A8, denn dort gab es schon am Morgen den üblichen Stau zu Beginn der Ferien. Nein, sie gondelten gemütlich die 304 entlang über Wasserburg, Obing, Kloster Seeon, Seebruck, Traunstein, dann Richtung Salzburg, bei Teisendorf rechts ab über den Pidinger Berg, durch das Leopoldstal über Bayerisch Gmain nach Berchtesgaden. Ein regelrechtes Ritual, auf das der Junge bei jeder Fahrt schon wartete, spielte sich mit steter Regelmäßigkeit während der Fahrt ab, wenn im Autoradio die neuesten Staumeldungen durchgegeben wurden.

Nicos Mutter äußerte sich dann folgendermaßen: „Ich sage es doch immer wieder, auf der Autobahn möchte ich jetzt nicht unterwegs sein."

Und ihr Mann antwortete wie einstudiert: „Lieber bin ich länger und entspannter unterwegs, als stundenlang im Stau zu stehen."

„Ja", meinte dann Amelie, „unsere Route kennt zum Glück nicht jeder."

Und so kamen sie dann auch nach drei Stunden, sie hatten sich nämlich noch kurz vor Bischofswiesen in einem großen Einkaufszentrum mit Vorräten für die nächste Woche eingedeckt, in der Schönau an.

Clarissa und Franzi standen schon vor der Tür. Das Mädchen hatte wie immer ein Nickytüchlein umgebunden, blau mit weißen Blümchen.

„Da seid ihr ja endlich! Hattet ihr eine gute Fahrt?", hieß es da. Und, wie üblich: „Nico, seit dem letzten Mal bist du ja schon wieder gewachsen!"

Gegenrede von Amelie: „Franzi ist aber auch größer."

Und dann von Victor: „Und noch hübscher geworden!"

Das Mädchen wurde rot und verzog sich gleich mit Nico ins Haus.

Franzi war wirklich ein hübsches Mädchen, zierlich, mit leicht gewellten blonden Haaren, die sie meistens zu Zöpfen geflochten trug, und großen blauen Augen, kurz, ihrer Mutter fast wie aus dem Gesicht geschnitten. Nico kam eher nach seinem Vater, hatte braunes glattes Haar und blickte mit wachem Blick aus seinen dunklen Augen in die Welt.

Die anderen folgten, man setzte sich gleich hin zum Mittagessen, denn Clarissa tischte zur Begrüßung ihre Spezialität auf: einen Schweinsbraten mit Blaukraut und Semmelknödeln.

Während sich Amelie und Victor anschließend häuslich einrichteten, machte Nico mit Franzi gleich einen ersten Erkundungsgang durchs Dorf. Natürlich besuchten sie auch den Sonnbichlhof, denn dort waren sie immer willkommen.

Doch dieses Mal war Kathi gar nicht gut aufgelegt. „Was ist denn los?", wollten die Beiden wissen, weil die Sonnbichlerin so kurz angebunden war.

„Ach, ich hatte gerade wieder unangenehmen Besuch", bekamen sie zu hören, „da soll doch hier ein sogenanntes Wellnesshotel gebaut werden."

„Und was hat das mit dir zu tun?", fragte Nico und erhielt zur Antwort: „Die wollen meinen Hof. Stellt euch vor, ich soll mein Land, meinen Hof, das Austragshäusl und die Alm verkaufen."

„Das gibt es nicht!"

„Ich denke auch nicht daran. Ich will, dass alles so bleibt, wie es ist! Hier habe ich mein Auskommen. Hier fühle ich mich wohl und hier bleibe ich."

Kathi war sehr aufgeregt, denn dieser Hotelunternehmer war nicht zum ersten Mal da gewesen. Er stand nämlich gehörig unter Druck, weil er schon sehr viel Geld in dieses Unternehmen gesteckt hatte. Er wollte endlich mit dem Bau beginnen, jede Verzögerung bedeutete Verlust für ihn. Obwohl er der Bäuerin einen, wie er fand, fairen Preis für ihre Immobilie geboten hatte, weigerte sie sich vehement zu verkaufen. Kein Argument konnte sie überzeugen.

Und nun hatte er noch gedroht, er werde Mittel und Wege finden, sie zur Veräußerung ihres Eigentums zu zwingen.

Kein Wunder, dass sich ihre Stimmung auf einem Tiefpunkt befand.

Franzi und Nico wussten natürlich auch keinen Rat und begaben sich erst einmal zu den Tieren auf die Wiese, denn sie hatten für Max und Moritz Möhren und altes Brot dabei. Dort beratschlagten sie, wussten aber keinen Ausweg und beschlossen, später ihren Eltern die ganze Geschichte zu erzählen.

Doch auch der Abend brachte keine Lösung, vielmehr erzählten Clarissa und Bastian, dass man schon im ganzen Ort Bescheid wusste, denn das Ersuchen um eine Baugenehmigung war schon offen gelegt worden. Bergmüller, der Hotelier, hatte die Zustimmung der in Frage kommenden Bauern; nur die Zusage der Sonnbichlerin fehlte noch. Kathi hatte also nicht nur Freunde in der Gemeinde. Aber auch Bauunternehmer Hansen hatte seine Hände im Spiel und wollte sich mit dem Bau des Hotels finanziell sanieren.

Als Architekt wusste natürlich Victor, Nicos Vater, genau Bescheid, welchen offiziellen Weg man beschreiten muss, um eine Genehmigung für den Bau ein solchen Hotels zu erhalten.

„Ich möchte gerne wissen“, fragte er, „wieso schon eine öffentliche Bekanntgabe vorgenommen worden ist. Die dient nämlich dazu, eventuelle Besitzansprüche auf den zu bebauenden Grund anzumelden. Es ist doch bestimmt klar gewesen, dass die Sonnbichler Kathi auf keinen Fall verkaufen würde und somit die Gemeinde die Baugenehmigung von vorne herein verweigern würde.“

Bastian kannte den Grund: „Bergmüller und Hansen haben natürlich die beteiligten Bauern auf ihrer Seite", berichtete er. Da gibt es den Aschenbrenner Korbinian, den Weidhofer Maximilian, den Hallertauer Alois, den Reichenberger Rupert und allen voran den Mühlbauer Georg; sie alle haben Front gegen die Kathi gemacht. Der Mühlbauer ist ein junger Hitzkopf. Er hat erst vor kurzem den Hof seines Vaters übernommen. Da der alte Mühlbauer nichts mehr investiert hatte, Haus und Stallungen saniert werden müssen und die Maschinen unzeitgemäß sind, will der Schorsch alles modernisieren. Da ist ihm das großzügige Angebot des Investors für seine Wiesen gerade recht gekommen."

„Aber es war doch offensichtlich," warf Victor ein, „dass die Sonnbichlerin nicht verkaufen würde."

„Der Hansen hat glaubhaft versichert, dass die Kathi auf Grund seines großzügigen Angebots grundsätzlich zum Verkauf bereit sei. Er habe von ihr eine schriftliche Bestätigung, die er nachreichen würde. Doch das ist nie geschehen. Angeblich wäre das Schreiben bei den Unterlagen gewesen, doch seltsamerweise verschwunden. Um nicht der Schlamperei verdächtigt zu werden, hat man dann den Bebauungs- und Flächennutzungsplan öffentlich gemacht."

„Und Kathi?"

„Sie hat fristgerecht Einspruch erhoben und behauptet, nichts von diesem Schreiben zu wissen. Der Waldhauserwirt hat mir erzählt, dass die Bauern dort zusammen gesessen sind. Er hat alles mitgekriegt, denn leise haben die sich nicht

unterhalten. Aufgewiegelt vom Mühlbauer Schorsch haben sie einen Plan ausgeheckt, der im wahrsten Sinne des Wortes ziemlich anrüchig gewesen ist. Sie haben dann jeden zweiten Tag an der Grenze zum Anwesen der Sonnbichlerin geodelt, so dass sich die Feriengäste sehr belästigt gefühlt haben.“

Nico hatte gut zugehört, verstand aber nicht, was „odeln“ bedeutet.

„Ach du Stadtkind“, warf Franzi ein und rümpfte die Nase, „sie haben Jauche gefahren, dass es zum Himmel gestunken hat.“

„Doch der Schuss ist nach hinten losgegangen“, erzählte Bastian weiter, „Kathi hat beim Amt für Ernährung, Landwirtschaft und Forsten in Traunstein angerufen, die haben den Vorgang an die übergeordnete Stelle in Ebersberg weitergemeldet. Ein Beamter ist dann von dort gekommen, hat alles in Augenschein genommen; den Bauern ist eine Geldstrafe aufgebrummt worden, weil sie gegen die Gülleverordnung verstoßen hatten. Außerdem ist ihnen bei einer Wiederholung dieser unerlaubten Tätigkeit mit der Kürzung von Subventionen gedroht worden. Sie haben also nichts erreicht – im Gegenteil – sie haben Lehrgeld zahlen müssen.“

„Und was geschieht jetzt?“, wollte Amelie wissen.

„Im Augeblick ruht das Verfahren zur Erteilung der Baugenehmigung. Ich kann mir aber denken, dass die Beteiligten nicht aufgeben, denn es geht um viel Geld. Der Hotelier Hansen muss vor allem die Zustimmung aller Eigentümer nachweisen. Und wie ich den Mühlbauer Schorsch, den un-

gehobelten Hitzkopf kenne, wird der nicht klein beigeben und sich bestimmt eine neue Gemeinheit ausdenken."

Das waren ja keine erfreulichen Nachrichten. Die Kinder zeigten sich sehr betroffen.

So löste auch der Vorschlag von Nicos Vater, am nächsten Morgen mit den Beiden eine Bergtour auf den Jenner zu unternehmen, um Charlie, Irmgard und Heli zu besuchen und im Stahlhaus zu übernachten, zuerst nur mäßige Begeisterung aus. Bastian musste arbeiten; die beiden Schwestern hatten indessen vor, nach Salzburg zu einem gemütlichen Einkaufsbummel mit Kaffeehausbesuch und ausgiebigem Plausch zu fahren; es ergab sich ja nicht so oft die Gelegenheit zu einem ungestörten Beisammensein.

Zweiter Akt – 1. Szene

Mit Charlie auf der Sonnbichlalm

An diesem ersten Sonntagmorgen im August hatte ich ziemlich lange geschlafen, denn ich war nach einer lauen Sommernacht erst am frühen Morgen zum Stahlhaus zurückgekehrt. Nach einem ausgedehnten Frühstück putzte ich mich ausgiebig und wollte mich gerade auf meinen täglichen Inspektionsgang machen, als ich bekannte Stimmen vernahm, die nach mir riefen: „He, Charlie, bist du da?"

Das konnten doch nur Franzi und Nico sein. Eine letzte Kontrolle meines Felles – so konnte ich mich meinen Freunden zeigen, denn ich lege großen Wert auf eine gepflegte Erscheinung.

War das eine Wiedersehensfreude! Streicheln, kraulen, schmusen, knuddeln – ich schnurrte vor Behagen und legte mich liebevoll Franzi – sie ist schließlich ein Mädchen – als Schal um den Hals.

Nicos Vater ging gleich zu Irmgard und Heli in den Gastraum bei der Küche und musste sofort einen Obstler als Begrüßungsschnaps trinken.

Die ersten Wanderer kamen auch schon an. Nun gab es viel zu tun.

„Papa, mach du nur ruhig deine Tour aufs „Hohe Brett. Wir bleiben hier und helfen, die Gäste zu bedienen", meinte Nico; die beiden Kinder lieben nämlich diese „Hüttenarbeit".

Victor war sofort einverstanden; er genoss es, einmal seinem anstrengenden Berufsleben entfliehen zu können. Entspannung brachte ihm dieser Alleingang, denn den meisten Bergwanderern ist dieser Weg zu anstrengend und zu gefährlich; sie sind schon froh, die Berghütte erreicht zu haben.

Den ganzen Tag über riss der Betrieb nicht ab, es war ein Kommen und Gehen. Da ich die Kinder lange nicht gesehen hatte, hielt ich mich meistens in ihrer Sichtweite auf, abgesehen von einigen kurzen Inspektionen des näheren Umfeldes. Erst gegen Abend wurde es ruhiger, es blieben nur noch die Übernachtungsgäste.

Müde, aber sichtlich mit sich zufrieden, kam auch Nicos Vater zurück und nach einem köstlichen Abendessen, Victor und die Kinder hatten sich Kasspatzen, eine Spezialität des Hauses, bestellt, saßen wir noch in dem kleinen, nur den hier arbeitenden Menschen und natürlich auch mir vorbehaltenen Raum bei der Küche zu einem Plausch zusammen. Wie ich diese gemütliche Runde am Abend liebe, wenn die Hektik langsam nachlässt.

Nach diesem anstrengenden Tag waren besonders die Kinder rechtschaffen müde und gingen bald schlafen. Ich schlich ihnen unbemerkt nach in ihr Viererzimmer und kuschelte mich, was mir normalerweise verboten ist, zu Franzi ins untere der beiden Stockbetten. Bald schliefen wir alle drei tief und fest, so dass wir nicht einmal merkten, als Nicos Vater seinen Schlafplatz aufsuchte. Wenig später, um Punkt 22 Uhr herrschte, wie auf Alpenvereinshäusern üblich, allgemeine Hüttenruhe.

Am nächsten Morgen weckte ich Franzi, indem ich mit zarten Pfoten ihr Gesicht berührte, damit sie mir die Zimmertür öffnen sollte. Sie verstand mich sofort und ich schlich mich die Treppe hinunter in die Küche. Irmgard und Heli waren schon lange aufgestanden, denn die ersten Übernachtungsgäste wollten schon um 7 Uhr ihr Frühstück, damit sie bald aufbrechen konnten; die meisten hatten eine größere Tour geplant. Nachdem auch ich mich gestärkt und meine Morgentoilette beendet hatte, erst dann ließen sich auch meine Freunde blicken.

„Na, was habt ihr heute vor?", wollte Heli wissen, als die drei am Frühstückstisch saßen.

Victor meinte: „Wir müssen wieder hinunter. Ich fahre gegen Abend noch einmal nach München zurück, denn ich muss diese Woche noch ein paar Termine wahrnehmen und bin erst am Wochenende wieder hier."

„Wir möchten so gerne den Abstieg über die Sonnbichlalm nehmen. Vielleicht kommen Sophie und Toni mit den Eseln herauf", bettelten die Kinder.

Victor stimmte zu und ich war natürlich auch mit von der Partie. Ich sauste schon mal voran, denn ich durfte keinen Schlendrian einreißen lassen, musste meine täglichen Kontrollgänge absolvieren und mein Revier markieren. Eine Maus zum zweiten Frühstück wollte ich mir schon noch genehmigen, dann die Hunde vom Schneibsteinhaus kurz begrüßen.

Und Poldi? Der norwegische Waldkater hatte sich bestimmt, als er mich von weitem erblickte, lieber in ein sicheres Versteck zurückgezogen.

Es gab hier nichts mehr für mich zu tun; deshalb wartete ich auf meine zwei Freunde, um mich mit ihnen gemeinsam auf den Weg zur Sonnbichlalm zu begeben: das Erlebnis mit diesem „Katzenhasser" kam mir nämlich plötzlich wieder in den Sinn und mir wurde ein wenig mulmig zumute; jedoch mit meinen Menschen zusammen fühlte ich mich sicher und beschützt.

Aber meine Sorge war unbegründet: niemand war da und die Tür war verschlossen. Wir mussten jedoch nicht lange warten. Dieses Mal kamen Kathi und Sophie mit einem Elternpaar und zwei Kindern herauf. Die beiden Esel Max und Moritz trugen einiges Gepäck, denn wie sich herausstellte, wollten die Gäste einmal eine Nacht auf der Alm verbringen. Anton war unten geblieben um die anfallende Arbeit zu verrichten.

Die Geschwister Luise und David, die ungefähr im gleichen Alter wie Franzi und Nico waren, ließen sich von den beiden gleich alles zeigen. Ich wurde natürlich auch, wie es sich gehört, den Neuankömmlingen vorgestellt. Die vier Kinder ritten abwechselnd auf Max und Moritz und ich, ich war natürlich immer mit von der Partie.

Nicos Vater sprach indes lange mit den Erwachsenen, ich ließ mich lieber mit den Kindern ein, als dieses Gespräch zu belauschen. Vielleicht hätte das grausige Geschehen noch verhindert werden können, wenn ich der Unterhaltung mehr Beachtung geschenkt hätte.

Max und Moritz

3. ganz kleines Intermezzo
Vinzenz und Paul

Natürlich ging es bei diesem Gespräch auf der Sonnbichlalm ausschließlich um den Bau des Wellnesshotels. Kathi und Sophie hatten einiges zu berichten.

Nachdem der Hotelier Bergmüller und der Bauunternehmer Hansen bei Kathi nichts hatten ausrichten und sie nicht zum Verkauf ihres Besitzes hatten überreden können, war es ihnen der Versuch wert, das Ehepaar Kranzler als Unterhändler einzuschalten. Die Unternehmer hatten den beiden eine beträchtliche Summe für eine erfolgreiche Vermittlung angeboten. Doch Sophie und Anton hatten sich nicht auf diese unseriösen Geschäfte eingelassen und abgelehnt. Sie wollten diese Frau, die sie wie eigene Kinder behandelte, nicht hintergehen.

Es war allerdings von Bedeutung, dass Kathis Neffe Vinzenz Angermüller, ihr einziger Verwandter, und Paul, der Sohn des Bauunternehmers, gut befreundet waren. Schon mehrmals waren sie in einige unsaubere Machenschaften verwickelt gewesen. Für Bergmüller und für Hansen war Vinzenz der nächste Ansprechpartner, der für eine entsprechend hohe Summe mit seinem Spezi Paul auch für Taten hart an der Grenze zur Legalität bereit schien. Die beiden hielten sich nämlich nicht zu schade dafür, der Sonnbichlerin zu drohen und sie unter Druck zu setzen. Besonders Vinzenz versprach sich einiges von dem Bauvorhaben. Ihm, der jeder anständigen Arbeit gerne aus dem Weg ging, winkte nun schon zu Lebzeiten Kathis eine große Geldsumme.

Diese Angelegenheit machte der Sonnbichlerin sehr zu schaffen. Ihr ganzer Lebensinhalt, alles was sie aufgebaut hatte, war bedroht, sollte zunichte gemacht werden.

Nicos Vater und auch die Urlaubsgäste waren entsetzt. Herr Strasser versprach zu versuchen, dem Ganzen mit einer einstweiligen Verfügung einen Riegel vorzuschieben und alles überprüfen zu lassen.

Zweiter Akt – 2. Szene

Aufbruch ins Tal

Nicos Vater drängte bald zum Aufbruch.

„Können wir nicht noch bleiben?“, quengelte der Junge und Franzi meinte: „Wir spielen gerade so schön mit Luise und David.“

„Und mit Charlie“, ergänzten die beiden neuen Freunde.

Alles Bitten nützte nichts.

„Wir steigen ab; ich muss heute noch nach München fahren.“

Also hieß es auch für mich, Abschied nehmen.

Franzi und Nico riefen noch: „Charlie, wir kommen bald wieder!“, folgten dem vorauseilenden Vater und verschwanden hinter der nächsten Wegbiegung.

Ein bisschen blieb ich noch bei Kathi und ihren Gästen, machte mich aber dann auf den Weg; wie fade, am Schneibsteinhaus ließ sich Poldi immer noch nicht blicken. Keine Mäuse waren aufzuspüren, denn denen hatte in der Zwischenzeit sicher dieser Norwegische Waldkater den Garaus gemacht; ich kann ja schließlich nicht überall zugleich sein. So begab ich mich hinauf zu den heimischen Fleischtöpfen.

Mein Napf wurde wie immer gleich gefüllt, auch wenn reger Gastbetrieb herrschte. Gründliche Fellpflege war danach angesagt und ein kurzes Schläfchen vor einem Inspektionsgang Richtung Schneibstein. Diesen Teil meines Reviers hatte ich in den letzten Tagen ein wenig vernachlässigt. Da es aber gegen Abend deutlich kühler wurde, beschloss ich, die Nacht nach einer weiteren Mahlzeit in der gemütlichen Wärme des Stahlhauses zu verbringen.

Nichts konnte meine Nachtruhe stören, währenddessen sich, von mir nicht einmal geahnt, unten im Tal Unglaubliches abspielte.

4. sehr kurzes Intermezzo

Im Tal nicht Neues

Victor stieg mit den Kindern den schmalen Steig über die Branntweinbrennhütte der Familie Grassl ab. Dann weiter ein kurzes Stück des Weges zur Königsbergalm, aber nicht ganz bis hinunter, sondern nach rechts den Panoramaweg entlang zur Mittelstation, weiter zum Parkplatz am Hinterbrand, wo er am Tag zuvor das Auto abgestellt hatte. Die steile schmale Fahrstraße über den Vorderbrand brachte die drei auf kürzestem Weg zur Straße Berchtesgaden-Königssee und von dort aus zur Schönau.

Die Schwestern und auch Bastian waren froh, dass die drei wieder heil nach unten gekommen waren. Clarissa hatte für alle gekocht, Spagetti Bolognese, ein Gericht, dem Erwachsene wie Kinder immer gerne zusprechen.

Nach dem Abendessen verabschiedete sich Victor, bekam von seiner Frau noch ein stereotypes „Fahr vorsichtig!“ auf den Weg, worauf er wie immer antwortete: „Aber ja! Jetzt ist auf der Autobahn nicht mehr so viel los.“

Und von ihr wieder: „Ruf an, wenn du zu Hause bist!“

5. Intermezzo

Widerwärtige Ereignisse im Tal

Nach Victors Abreise kam es dann allerdings zu folgenschweren Ereignissen auf dem Sonnbichlhof.

Anton war alleine auf dem Hof geblieben, während Kathi, Sophie, die Feriengäste und auch die Esel auf der Alm übernachteten.

Gegen 4 Uhr in der Früh wachte man in der ganzen Schönau vom Heulen der Sirenen auf: Feueralarm.

Auf dem Sonnbichlhof brannte es. Eine Scheune stand in Flammen, doch die Feuerwehr war in wenigen Minuten zur Stelle. Der alte Holzbau, der zum Glück im Augenblick nicht genutzt wurde, war leider nicht mehr zu retten. Einem günstigen Wind und dem professionellen Vorgehen des Löschtrupps war es zu verdanken, dass das Feuer nicht auf die anderen Gebäude des Hofes übergreifen konnte. Weder Menschen noch Tiere kamen zu Schaden.

Inzwischen war auch die Polizei eingetroffen. Sie sicherte mit dem Brandschutzmeister die Unglücksstelle; Brandstiftung war nicht auszuschließen und eventuelle Spuren vom möglichen Brandanschlag durften nicht verwischt werden.

Nach den abgeschlossenen Löscharbeiten übermittelte Anton gegen Morgen der Kathi auf der Sonnbichlalm per Funk-

telefon – mit dem Handy hatte man dort meistens keinen Empfang – die Nachricht vom nächtlichen Brand.

Die Sonnbichlerin war natürlich entsetzt. Auf dem schnellsten Weg wollte sie nach unten; sie griff zum Telefon, um Gottfried, den Wirt des Schneibsteinhauses, anzurufen, berichtete ihm in aller Kürze, was geschehen war und bat: „Kannst du mich mit deinem Geländewagen in die Schönau fahren? Ich bin in einer halben Stunde bei dir."

„Natürlich! Selbstverständlich!", war seine Antwort, denn hier oben auf dem Berg ist Nachbarschaftshilfe unerlässlich.

Sophie war ebenfalls schon aufgestanden und hatte durch das Telefongespräch erfahren, was sich ereignet hatte.

Es bedurfte daher keiner weiteren Erklärungen, als ihr Kathi mitteilte: „Ich muss sofort hinunter. Kommst du allein mit Max und Moritz und den Gästen zurecht?"

„Na klar! Mach dich unbesorgt auf den Weg, ich komme später mit den anderen nach."

Als die Bäuerin auf ihrem Hof ankam, waren die polizeilichen Untersuchungen schon in vollem Gange. Anton musste wieder und wieder die Fragen des ermittelnden Beamten beantworten, damit der genaue Ablauf der Vorgänge in der Nacht rekonstruiert werden konnte.

Folgendes gab er zu Protokoll:

Ich habe den ganzen Tag hart gearbeitet. Weil ich am nächsten Morgen wie immer in aller Frühe aufstehen muss, um die Tiere zu versorgen, bin ich zeitig schlafen gegangen. Gegen 4 Uhr bin ich einmal kurz zur Toilette gegangen. Als ich aus dem Fenster auf den Hof geschaut habe, habe ich gemeint, in der Nähe der Scheune zwei Gestalten zu bemerken, dann nichts mehr. Plötzlich habe ich fast an der gleichen Stelle einen rötlichen Schimmer wahrgenommen.

„Feuer!“ war mein erster Gedanke. Wie ferngesteuert habe ich nach meinem Handy gegriffen, die 112 gewählt, den Brand gemeldet, den nächsten Feuerlöscher von der Wand gerissen, bin zur Scheune gerannt und habe versucht, den Brand zu löschen. Nach wenigen Minuten waren auch schon die Löschfahrzeuge zur Stelle.

So lautete also sein Bericht.

Die Polizei verdächtigte Anton, das Feuer vorsätzlich gelegt zu haben. Sie habe von einem anonymen Anrufer einen entsprechenden Hinweis erhalten.

Doch Kathi versicherte glaubwürdig, er habe kein Motiv, einen Brand zu verursachen; dadurch würde er doch seine Arbeit und seine Stellung auf dem Hof gefährden.

Was sie nicht ahnte war die Tatsache, dass das Ehepaar Kranzler von den beiden Unternehmern kontaktiert worden war, um sie dazu zu bringen, der Bäuerin zum Verkauf ihres Anwesens zu raten. Anton hatte nämlich seine Frau gebeten, Kathi aus Rücksichtsnahme nichts von dem Gespräch zu erzählen. Vielleicht spielte er doch mit dem Gedanken, die großzügige Provision, die man ihnen angeboten hatte, zu kassieren.

Bei einer weiteren Befragung erzählte Kathi der Polizei von den unangenehmen Besuchen des Hoteliers und des Bauunternehmers, sowie von ihren versteckten Drohungen.

Da es sich erwiesenermaßen um Brandstiftung gehandelt hatte – Dieselöl war als Brandbeschleuniger verwendet worden – wollte man auch Bergmüller und Hansen vernehmen.

Obwohl, wie öffentlich bekannt, den beiden Unternehmern ein großes Interesse am Ankauf des Anwesens nachgewiesen werden konnte, leugneten sie, jemals Drohungen ausgesprochen zu haben. Ihnen ständen schließlich andere Mittel zur Verfügung. Zum einen könnten sie ihr Angebot erhöhen oder zum anderen, Kathi eine großzügige Leibrente aussetzen und sie dadurch finanziell unabhängig machen.

So ihre Aussage!

Sie hatten ja schließlich ihre Handlanger und natürlich ihre Anwälte, die ihrerseits gleich mit der Möglichkeit einer Klage wegen Verleumdung daherkamen.

Auch etlichen Bauern kam der Bau des Hotels sehr gelegen und sie machten in der Gemeinde Stimmung gegen Kathi.

Verdächtige gab es also genug, zumal Anton glaubhaft versicherte, zwei schattenhafte Gestalten gesehen zu haben.

Zwar fand man ein paar Tage später eine mit Diesel getränkte Hose, die Anton gehörte, im Müll, was sich aber als eine Spur erwies, die man nachträglich gelegt haben musste, um ihn zu belasten. Er konnte nämlich verlässlich nachweisen, dass er die Hose nach dem Brand noch getragen hatte. Weiter fand die Polizei keine Hinweise, die ihn der Brandstiftung hätten überführen können.

Die Sonnbichlerin beruhigte sich wieder einigermaßen und der Betrieb auf dem Hof lief fast ungestört weiter; die Gäste reisten auch nicht ab, waren aber dennoch ein wenig beunruhigt, obwohl die Polizei versichert hatte, das Anwesen zu beobachten.

Einen Tag nur hielt diese Ruhe an. Als dann Sophie am Mittwoch in der Frühe die Hühner füttern wollte, stieß sie einen Schrei aus, der in der ganzen Umgebung zu hören war. Kathi und Anton kamen angerannt.

„Was ist passiert?", riefen sie schon von weitem. Sie fanden eine wie versteinert dastehende Sophie am Hühnerstall, die nur sprachlos auf den Balken über der Tür deutete. Da hingen zwei Hühner, die Schnäbel mit Tesafilm zugeklebt, an den Füßen aufgeknüpft, kläglich verendet.

„So geht es jedem, der sich widersetzt", stand auf einem Stück Pappe zu lesen, das zwischen den beiden toten Tieren am Türbalken angenagelt war.

Sofort wurde die Polizei verständigt, Ermittlungen wurden aufgenommen, doch es gab keine Hinweise auf einen Täter.

Den Urlaubsgästen war nicht zu verdenken, dass sie mit ihren Kindern über eine Woche früher abreisten als geplant.

Natürlich hatte auch die Presse von den Ereignissen auf dem Sonnbichlhof Wind bekommen und alles breit ausgeschlachtet, was zur Folge hatte, dass die nächsten Feriengäste ihren Urlaub stornierten und Kathi auch noch finanzielle Einbußen erleiden musste.

Nachdem Luise und David mit ihren Eltern und auch die anderen Familien am Donnerstag abgereist waren, beschloss Kathi, ein paar Tage auf ihrer Alm zu verbringen, um all das, was man ihr angetan hatte, zu verarbeiten. Ja, wenn ihr Sepp noch leben würde, das Ganze wäre bestimmt nicht geschehen; niemand hätte es gewagt, diese Schandtaten zu begehen. Ein Glück, dass Sophie und Anton ihr ans Herz gewachsen waren.

Sophie sollte, nachdem sie die Ferienwohnungen in Ordnung gebracht hatte, mit ihrem Mann am Sonntag nachkommen.

Ja, Anton konnte sich nach den aufregenden Ereignissen ein paar Tage Erholung gönnen. Denn sein Freund Steffen hatte sich wie schon öfter angeboten, die Tiere zu versorgen. Dafür konnte er für diese Zeit im Austragshäusl wohnen und ein wenig die Augen offen halten, um einen weiteren Anschlag eventuell verhindern zu können.

6. Intermezzo

Ruhe vor dem Sturm

Victor Strasser war nun schon seit Montagabend in München. Amelie, Clarissa und Bastian kümmerten sich währenddessen um Franzi und Nico. Sie versuchten zu verhindern, dass die beiden Kinder etwas von den neuesten Ereignissen auf dem Sonnbichlhof erfuhren; sie würden sich natürlich Sorgen um ihre Freunde machen. Vom Feueralarm hatten sie dank ihres tiefen Kinderschlafes nichts mitbekommen.

Deshalb unternahmen die beiden Schwestern, nachdem in der Pension Reitmair die Gäste versorgt waren, jeden Tag etwas anderes mit den beiden, weitab von der Schönau.

Am Dienstag besuchten sie die Almbachklamm, deren Eingang man bequem mit dem Auto erreichen kann, wenn man von der Straße Berchtesgaden–Salzburg nach links abbiegt.

Nach der Begehung der Klamm mit ihren tosenden Wasserfällen, spielten die Kinder im ruhigen Wasser bei der Kugelmühle. Sie wurden nicht müde, Steine zu schleppen, um einen kleinen Staudamm zu bauen; dann sammelten sie noch vom Wasser glatt geschliffene Marmorsteine. Sie waren wirklich ausreichend beschäftigt, während die Erwachsenen es sich im „Gasthaus zur Kugelmühle" bei Kaffee und Kuchen gut gehen ließen. Natürlich hatten die Kinder vorher auch gegessen und getrunken, doch das Gespräch ihrer Mütter interessierte sie überhaupt nicht.

Am nächsten Tag war ein Besuch der Mozartstadt Salzburg angesagt. In der von Touristen überquellenden Getreidegasse sorgte erst einmal ein Eis für gute Laune; den Kindern zuliebe verzichteten die beiden Frauen auf einen Einkaufsbummel und nahmen eine Burgbesichtigung in Kauf. Vor allem die Folterkammer löste bei Franzi und Nico Begeisterung aus.

Am Nachmittag stand das Schloss Hellbrunn mit seinen lustigen Wasserspielen auf dem Programm. Gut, dass die Sonne vom Himmel brannte, denn Erzbischof Markus Sittikus hatte sich vor fast 400 Jahren einige feuchte Überraschungen für seine Gäste ausgedacht, die auch heute noch bei den Besuchern an heißen Tagen für eine willkommene Abkühlung sorgen.

Höhepunkt der Woche aber war am Donnerstag der Besuch der Sommerrodelbahn am Hochlenzer auf dem Obersalzberg, die sie mit Hilfe einer kleinen Seilbahn, die schon seit über 50 Jahren existiert, erreichten. Eine Fahrt mit dieser nostalgischen roten Kabinenbahn ist besonders reizvoll. Seit 1950 kann sie jedes Mal acht Personen in zwei aneinander gehängten Abteilen nach oben befördern, wobei sich jeweils zwei Gondeln gegenseitig ziehen, aber nur bis zur Mittelstation. Dort wird man von einer Lautsprecherstimme aufgefordert in die Kabinen, die den oberen Abschnitt bedienen, umzusteigen. Die Fahrt bietet einen sehr schönen Ausblick auf die Marktgemeinde Berchtesgaden. Von der Endstation führt eine steile Fahrstraße hinunter zur Sommerrodelbahn und weiter zum Alpengasthof Hochlenzer.

Die Kinder konnten nicht genug bekommen und sausten mit dem Rodelschlitten eine kurvenreiche Abfahrt nach der anderen hinunter, um jedes Mal wieder zum Start hinaufgezogen zu werden. Dieses Vergnügen konnten Franzi und Nico ziemlich lange genießen, denn ihre Mütter saßen dieses Mal gemütlich in dem kleinen Pavillon an der Rodelbahn, tranken allerdings nur Kaffee und unterhielten sich natürlich wieder über die neuesten Ereignisse auf dem Sonnbichlhof, von denen ihre Sprösslinge immer noch keine Ahnung hatten.

Doch als man ihnen am Abend eröffnete, dass sie am Freitag mit nach Bad Reichenhall kommen sollten, streikten die Kinder. Erstens zogen sie es vor, endlich wieder etwas alleine zu unternehmen ohne die schon verdächtige Fürsorge ihrer Mütter, zweitens fanden sie die Kurstadt langweilig und eher für alte Omas geeignet, wie sie sich ausdrückten.

Die Schwestern widersprachen energisch, denn sie gehören wirklich nicht zu dem oft ziemlich betagten Publikum, das in dem Bad seine oft altersbedingten Wehwehchen pflegt und kuriert.

Es war nun kaum mehr zu verheimlichen, was man Kathi auf dem Sonnbichlhof angetan hatte, denn die Presse überschlug sich ja geradezu mit Berichten. Da sie es nicht von anderen oder aus der Zeitung erfahren sollten, klärten die Mütter Franzi und Nico behutsam über die Anschläge auf.

Die Kinder waren natürlich entsetzt, dass man den Freunden so übel mitgespielt hatte.

So machten sich Amelie und Clarissa am nächsten Morgen alleine auf den Weg nach Bad Reichenhall, wo sie ungestört ihre Leidenschaft fürs „Shoppen" ausleben konnten.

Nach dem Frühstück waren Franzi und Nico nicht mehr zu halten: sie liefen zum Sonnbichlhof. Doch Kathi war schon auf dem Weg auf die Alm; Heli, der Wirt des Stahlhauses, hatte in Salzburg zu tun gehabt und die Bäuerin anschließend in seinem geländegängigen Fahrzeug mit hinauf genommen.

Anton war in Sachen Futter für die Tiere unterwegs. Der Pächter der Wiesen, die zum Hof gehörten, mähte bei diesem schönen Wetter. Von ihm bezog die Sonnbichlerin Gras und Heu. Er musste sich außerdem noch in Berchtesgaden um weitere Futterbestellungen kümmern. Deshalb trafen die Kinder nur die Sophie an, die ihnen alles genau erklären musste und auch von den Verdächtigungen der Polizei berichtete.

Die beiden Freunde entwickelten für den nächsten Tag spontan einen Plan, der sich für sie als sehr gefährlich erweisen sollte.

Am Samstag fuhr Nicos Mutter mit dem Zug nach München. Hanna, ihre beste Freundin, feierte nämlich an diesem Wochenende ganz groß ihren vierzigsten Geburtstag und da durfte Amelie nicht fehlen. Sie wollte montags zusammen mit ihrem Gatten in die Schönau zurückkommen. Für Nico war gesorgt, denn er befand sich in der Obhut von Onkel und Tante.

Die Kinder hatten indessen gemäß ihrem am vorigen Tag gefassten Plan beschlossen, Kathi auf der Alm zu besuchen. Sie erzählten aber nichts davon; Franzis Mutter hatte bestimmt etwas dagegen einzuwenden, denn sie war um die Sicherheit der beiden besorgt. Die zwei Freunde baten lediglich, zu Charlie, Irmgard und Heli zu dürfen. Da Clarissa wegen des samstäglichen Bettenwechsels genug zu tun hatte, war sie ganz froh, der Sorge um die beiden Rangen enthoben zu sein. Die hatten sich ja schon oft allein auf den Weg gemacht, kannten sich aus und die Hüttenwirte riefen immer zuverlässig an, wenn die Kinder das Haus erreicht hatten.

Franzis Mutter fuhr die beiden noch zur Talstation der Jennerbahn, um dann zuhause ihre Arbeit zu verrichten.

Da ihre Tochter und ihr Neffe über Nacht auf dem Stahlhaus bleiben wollten, hatte Bastian für diesen Abend noch Karten für ein Konzert der „Biermösl Blosn" ergattern können, so dass das Ehepaar noch einen schönen Abend vor sich hatte.

Dritter Akt – 1. Szene
Charlie in Aktion

Jetzt komme ich endlich wieder zu Wort. Es wird aber auch Zeit, dass man mich wieder erzählen lässt, denn schließlich bin nur ich für die wichtigen Dinge zuständig.

Fast eine Woche hatte ich nun nichts mehr von den Kindern gehört, geschweige denn gesehen. Ich ängstigte mich um sie, denn über die Ereignisse auf dem Sonnbichlhof berichteten die Gäste hier oben ziemlich üble Geschichten; es gab kein anderes Thema.

Ich machte mir Vorwürfe. Neulich hätte ich mich auf der Sonnbichlalmlalm doch mehr bemühen müssen, etwas von dem Wortwechsel zwischen Sophie, Anton und dem „Katzenhasser“ zu verstehen, denn es war nun für mich offensichtlich, dass da ein Zusammenhang bestand. Vielleicht hätte ich das Unheil noch abwenden können ... schon damals hatte ich ein ungutes Gefühl gehabt.

So musste ich mir wieder und wieder anhören, was man über den Brandanschlag erzählte. Welch ein Glück, dass weder Tiere noch Menschen verletzt wurden.

Doch die Hiobsbotschaften rissen nicht ab. Am Donnerstag machte die Geschichte mit den aufgehängten Hühnern die Runde.

Ich habe ja nicht viel übrig für dieses gackernde Federvieh, mit dem ich damals vor meinem Umzug in die Berge Bekanntschaft gemacht hatte. Diese komischen Vögel nehmen an, dass sie von den Menschen geliebt werden, weil sie ihnen von Nutzen sind und Eier für sie legen. Niemand streichelt sie, niemand krault sie unterm Kinn, legt ihnen weiche Decken hin, lässt sie in der Wohnung am warmen Ofen liegen, nimmt sie auf den Schoß oder lässt sie sogar manchmal in ihrem Bett schlafen.

Nein, sie müssen nur fleißig Eier legen und zum Dank landen sie am Ende im Suppentopf. Kurz, niemand liebt sie.

Wir Katzen dagegen, wir Katzen werden geliebt, weil wir es den Menschen gestatten, uns zu lieben. Sie mögen uns um unserer selbst willen, einfach weil wir da sind.

Ein Dichter legte uns einmal folgende Worte ins Schnäuzchen: „Nicht weil wir produzieren, sondern weil wir existieren, werden wir geliebt."

Wie schon erwähnt, ich empfinde keine Zuneigung für diese Tiere, doch ein solch grausames Schicksal, das haben sie nicht verdient.

Allmählich begann ich, mir ernsthafte Sorgen zu machen, denn schließlich waren auch meine Leute involviert.

Und wenn ich mir Sorgen mache, gehe ich in der Nacht auf die Pirsch. Allerdings streifte ich lustlos durch die Gegend, machte halbherzig ein paar Mäusen den Garaus und kehrte erst gegen Morgen ziemlich erschöpft zurück.

Auf mein übliches Ritual konnte ich natürlich nicht verzichten ... ich frühstückte also, putzte mich ausgiebig und schlief dann ein Stündchen, vielleicht auch zwei – auf mein Zeitgefühl kann ich mich nicht immer verlassen – als mich die Stimmen meiner kleinen Freunde weckten. Gott sei Dank, den Kindern war nichts geschehen und hier oben waren sie meiner Meinung nach in Sicherheit. Wenn ich gewusst hätte...

Die beiden begrüßten artig Irmgard und Heli; Franzi meinte gleich: „Ruft doch bitte meine Mutter an, dass wir gut angekommen sind!"

Sie waren hungrig und durstig, bekamen Würstel und Skiwasser serviert und verzogen sich damit auf die Terrasse vor dem Haus, ich hinterher. Natürlich vergaßen sie nicht, auch mich kosten zu lassen. Höflich nahm ich ein paar Bissen an, obwohl Würstel nicht zu meinen Favoriten zählen.

Dass sie ihre Wasserflaschen, die sie in der Küche gefüllt hatten, neben sich stellten, dieser Tatsache habe ich leider keine Bedeutung zugemessen, doch ich hätte mich wundern müssen. Mich streichelten sie und kraulten mich unterm Kinn, aber so ... so mechanisch, ohne wirklich mich zu meinen, nur aus reiner Gewohnheit.

Da ich in der Nacht kein Auge zugetan und auch mein Schläfchen am Morgen nicht ausgereicht hatte, döste ich in der warmen Sonne vor mich hin und schlief bald tief und fest.

Als ich dann nach einiger Zeit vollkommen ausgeruht und zu neuen Taten bereit erwachte, mich nach Katzenart ausgiebig reckte und streckte und mich umschaute, da waren die Kinder weg, einfach verschwunden. Auch im Umkreis des Hauses – keine Franzi, kein Nico!

Ich merkte, als ich auf der Suche nach ihnen durchs Haus strich, dass auch Irmgard und Heli sich Gedanken machten, denn sie fragten mich: „Na Charlie, wo hast du denn deine Freunde gelassen?"

Das war überhaupt nicht die Art der beiden, so sang- und klanglos zu verschwinden, ohne vorher jemandem Bescheid zu sagen.

Der Nachmittag verging, der Abend nahte – keine Kinder!

Und als es dämmerte, waren alle in großer Sorge.

Es wird ihnen doch nichts zugestoßen sein! Und ich habe geglaubt, sie würden hier in Sicherheit sein.

Auch von den Übernachtungsgästen hatte sie niemand gesehen.

Heli fing an zu telefonieren: Mitterkaseralm ... Schneibsteinhaus – Fehlanzeige!

Waren sie vielleicht bei Kathi auf der Alm?

Ich versuchte zu suggerieren – Sonnbichlalm, Sonnbichlalm, Sonn - bichl – alm !

Ja! – Gut! Irmgard griff zum Funktelefon ... „Hier Stahlhaus! Sonnbichlalm, bitte melden!“ ... aber niemand meldetet sich.

Heli versuchte es weiter: Königsbergalm, Königsbachalm, Hugo-Beck-Haus ... keine Spur.

Er versuchte es bei Franzi zu Hause – Clarissa und Bastian waren zum Konzert gegangen.

Auch bei Nico meldete sich niemand, denn seine Eltern waren ja beide in München.

Es blieb nur noch eines: „Wir müssen die Bergwacht alarmieren!“

Ich hatte plötzlich eine Idee. Ob sie doch...?

Obwohl sich dort niemand gemeldet hatte...?

Nach den Ereignissen auf dem Sonnbichlhof hatten sie vielleicht geglaubt, dass auch auf ihrer Alm der Kathi etwas passieren könnte.

Da ich im Dämmerlicht und in der Dunkelheit gut sehen kann und jeden Weg und jeden Steg kenne, schlich ich mich unbemerkt hinaus in Richtung Schneibsteinhaus. Es war keine Zeit zu verlieren.

Ich witterte Mäuse – wie gut für sie, dass ich in Eile war; Poldi saß auf der Terrasse, putzte sich – „Schade, muss dich in Ruhe lassen" – ließ einen verdutzt blickenden Norwegischen Waldkater zurück – und weiter ging es zur Sonnbichlalm.

Poldi

Rückblende
Am Torrener Joch

Heli hatte den entscheidenden Schritt getan, zum Telefon gegriffen und die 110 gewählt, während Charlie sich davongemacht hatte, was begreiflicherweise niemandem aufgefallen war.

Der Hüttenwirt war sofort mit der Leitstelle in Rosenheim verbunden, meldete das Verschwinden der Kinder und erklärte die näheren Umstände. Von dort aus wurden zeitgleich die Polizeiinspektion in Berchtesgaden und die Integrierte Leitstelle, kurz ILS, in Traunstein informiert. Die ILS verständigte die Bergwacht und orderte den Rettungshubschrauber mit Suchscheinwerfer und Wärmebildkamera aus München. Gleichzeitig machten sich aus Berchtesgaden drei Polizeibergführer, darunter der besonders erfahrene Michel Bergoner und Dr. Magnus, der Notarzt, auf den Weg.

So startete der groß angelegte Rettungseinsatz vom Parkplatz am Hinterbrand. Die Tatsache, dass das Stahlhaus, das Schneibsteinhaus und die in unmittelbarer Nähe liegende Diensthütte der Polizei problemlos mit geländegängigen Fahrzeugen erreicht werden konnten, erleichterte natürlich die Suchaktion. Eile war geboten; obwohl Franzi und Nico schon oft in diesem Gebiet unterwegs gewesen waren und das Gelände kannten, konnte man nicht wissen, ob ihnen etwas zugestoßen war und wie sie sich in einer gefährlichen Ausnahmesituation verhalten würden.

So erreichte die Rettungsmannschaft ungefähr 45 Minuten nach dem Notruf die Diensthütte am Schneibsteinhaus. Die Bergretter konnten ihr Vorgehen vor Ort bestens koordinieren, damit man die Kinder auf schnellstem Weg finden würde.

Oder wurde Charlie mit seiner Ahnung und seiner außergewöhnlichen Spürnase schneller fündig?

Dritter Akt – 2. Szene

Schonzeit für Poldi

Endlich hatte ich die Sonnbichlalm erreicht; doch kein Licht, kein Rauch, kein Herdfeuer! So viel ich feststellen konnte, war auch die Eingangstür mit Riegel und Vorhängeschloss gesichert, die Fensterläden geschlossen.

Hatte sich meine Ahnung doch nicht bewahrheitet?

Ich umrundete systematisch die Almhütte. Wenn sich die Kinder im Haus befanden, musste ich mich bemerkbar machen.

Ich miaute, erst leise, denn es könnte sich irgendwo noch ein ungebetener Gast aufhalten, dann immer lauter, drehte noch eine Runde, am Fenster der hinteren Kammer vorbei – dort gab es keine Läden, nur ein Gitter ... hatte ich etwas gehört? – Noch einmal zurück! – Wieder ein besonders lautes Miauen!

Ein Fensterflügel wurde behutsam geöffnet und eine weinerliche Stimme fragte ganz leise: „Charlie, bist du das?“

Vor Erleichterung machte ich mit allen Vieren gleichzeitig einen Satz in die Luft, ein Sprung, den ich vorher noch nie ausgeführt hatte.

Was Freude alles bewirken kann!

„Komm Charlie! Spring herauf!“

Das war Nicos Stimme.

Und von Franzi tönte es leise und dünn: „Komm, hilf uns!“

Leichter gesagt, als getan!

Das Fenster befindet sich zwar nicht in großer Höhe, denn die Kammer ist ebenerdig angebaut. Solche Sprünge sind normalerweise für mich eine Kleinigkeit. Doch das Mauersims vor dem Eisengitter ist nur ganz schmal. Daher rutschte ich beim ersten und auch beim zweiten Versuch einfach ab. Ich taxierte noch einmal, denn Katzen können ihren Sprung zentimetergenau abschätzen; ich musste bei der Landung mit dem Kopf zwischen die Gitterstäbe. Ein dritter Satz, schon war ich durch das Gitter - drinnen!

War das eine Wiedersehensfreude!

Ich strich um die Beine der Kinder, „gab Köpfchen“ - eine besondere Art, wie die Katze ihre menschlichen Freunde begrüßt, indem sie sie mit der Stirn fest anstößt - ließ mich hochheben, streicheln, drücken.

„Charlie, wir sind eingesperrt worden, wir können nicht raus. Du musst Hilfe holen!“

Aber wie sollte ich meinen Menschen auf dem Stahlhaus mitteilen, dass die Kinder doch auf der Sonnbichlalm waren?

„Charlie muss durch irgend ein Zeichen zeigen, dass er uns gefunden hat“, überlegte Franzi.

Nico hatte dann die rettende Idee.

Seine Cousine trug doch wie immer ein Nickytüchlein um den Hals, ein blaues Tüchlein mit weißen Blümchen, ihr Markenzeichen.

Und als er sie bat: „Komm Franzi, nimm dein Tüchlein ab!“, verstanden weder das Mädchen noch ich, was der Junge damit bezwecken wollte. Trotzdem kam es seiner Bitte nach und Nico band mir das Tüchlein um den Hals. An sich trage ich so etwas aus Prinzip nicht – nur bayerische Dackel werden damit geschmückt – aber dann ging mir ein Licht auf: Meine Leute sollten anhand des Tuches erfahren, dass ich den Aufenthaltsort der Kinder kannte, mir dann folgen ... na klar!

Also, nichts wie den Berg hinauf, bevor die Bergwacht die Suche nach den Kindern mit dem Hubschrauber starten würde.

Es war schon fast dunkel, aber wie schon erwähnt, meine Augen sind darauf eingerichtet auch bei geringem Lichteinfall alles zu erkennen und außerdem war Vollmond.

Das Schneibsteinhaus – dort war die erste Möglichkeit, um Hilfe zu holen – ohne Schwierigkeit erreicht – hinein – Poldi mit einem Satz unter die Ofenbank – und ich zu Christa und Gottfried in die Küche.

„Du siehst ja seltsam aus mit deinem Halstuch“, wunderte sich Gottfried.

Doch Christa deutete den Grund für diese Verkleidung gleich richtig: „Das ist doch Franzis Nickytüchlein! Charlie weiß bestimmt, wo die beiden Kinder sind.“

Sie rief Heli auf dem Stahlhaus an, um ihm von meinem seltsamen Erscheinungsbild zu berichten. Fünf Minuten später war er da und los ging es, ich voran, Heli und Gottfried hinterher, so richtig im Galopp zur Sonnbichlalm, gleich zum hinteren Fenster.

„Heli, wir sind eingesperrt!“

„Keine Angst! Wir holen euch hier raus!“, beruhigte Heli sie.

„Aber wie? Die Tür ist verriegelt und wir haben keinen Schlüssel!“, bemerkte Gottfried.

Heli ging zum Geräteschuppen und schaute sich suchend um: „Damit müsste es gehen!“

Mit einer Brechstange hebelten die beiden Hüttenwirte das Vorhängeschloss an der Eingangstür auf, sperrten die Kammer auf – der Schlüssel steckte nämlich außen – und zwei überglückliche Kinder fielen ihnen um den Hals.

„Heli, wir...“, fingen die beiden an, doch Heli, die Anspannung stand ihm ins Gesicht geschrieben, winkte ab.

„Später...“, unterbrach er sie und griff zum Funktelefon. Er wollte bestimmt Bescheid geben, dass man die Suchaktion abbrechen könne. Doch die Funkverbindung kam auch nach mehreren Versuchen nicht zustande.

Irgendetwas schien ihn zu beunruhigen, denn als die Kinder noch einmal anfingen: „Heli, hör doch zu...," schnitt er ihnen wieder das Wort ab: „Jetzt nicht! Erzählt mir alles später! Wir müssen so schnell wie möglich nach oben."

„Was ist denn los?"

Statt eine Antwort auf Nicos Frage zu geben, wollte er wissen: „Habt ihr Kathi gesehen? Sie war doch auf der Sonnbichlalm!"

Ja richtig! Wo war Kathi?

„Woher sollen wir das wissen? Als wir ankamen, war die Hütte nicht verschlossen und verlassen."

„Wo ist Kathi? Ich habe sie doch selbst hinaufgefahren."

„Kommt", hieß er die Kinder. „Zieht euch an und dann nichts wie hinauf!"

Ungeduldig begab er sich nach draußen, wo Gottfried wartete. Ich hörte, wie die beiden sich leise unterhielten, blieb aber bei Franzi und Nico, bis sie abmarschbereit waren. Heli stattete die beiden noch mit Stirnlampen aus und im Eiltempo ging es zum Schneibsteinhaus.

Heli telefonierte sofort mit dem Einsatzkommando in der Diensthütte, während Gottfried seiner Frau Christa vom Verlauf der Rettungsaktion berichtete, wobei er natürlich meine Verdienste besonders hervorhob; vom

Zeitpunkt meines Erscheinens mit Franzis Tüchlein hatte sie angespannt gewartet und keine ruhige Minute gehabt. Poldi war natürlich auch da. Weil ich keine Ambitionen zeigte, mich mit ihm anzulegen – ich hatte im Augenblick wichtigere Dinge zu tun – blieb er ruhig auf der Ofenbank sitzen und versteckte sich ganz gegen seine Gewohnheit nicht unter dem Tisch.

Christa kümmerte sich fürsorglich um die Kinder, hüllte sie in warme Wolldecken und gab ihnen heißen Tee zu trinken.

Dann gab sie per Telefon im Stahlhaus von Franzis und Nicos Rettung Bescheid.

Ich hörte, wie sie sagte: „Charlie hat die beiden wirklich gefunden", und „sie waren auf der Sonnbichlalm eingesperrt." – „Ja, die Suche mit dem Hubschrauber kann abgebrochen werden." Und nach einer Weile: „Sie sind fast am Ende ihrer Kräfte, doch es fehlt ihnen weiter nichts."

Dr. Magnus, der Notarzt, kam herüber, um den gesundheitlichen Zustand meiner beiden Freunde zu überprüfen

„ Sie sind zwar erschöpft und nervlich noch sehr angespannt. Jetzt brauchen sie einfach nur Ruhe", war das Ergebnis seiner Untersuchung.

Dritter Akt - 3. Szene

Kathi

Christa und ich brachten die Kinder hinauf zum Stahlhaus, wo man sie schon sehnsüchtig erwartete. Überglücklich und erleichtert schloss Irmgard sie fest in die Arme.

Auch ich wurde bedacht.

„Na Charlie, du mutiger Lebensretter! Was du heute geleistet hast, das ist wirklich höchst bemerkenswert!" lobte sie mich, nachdem Christa ihr die Ereignisse geschildert hatte.

„Ihr müsst alle drei großen Hunger haben", meinte sie dann und füllte Teller und Napf.

Ich griff sofort zu und verputzte im Handumdrehen mein köstliches Futter, doch die Kinder stocherten ziemlich lustlos in ihrem Essen herum. Sie schliefen fast schon am Tisch ein.

„Euch fallen ja schon die Augen zu! Marsch, hinauf ins Bett! Morgen könnt ihr mir alles ausführlich erzählen!" Irmgard brachte sie selbst nach oben, denn sie spürte, dass sie nach diesen aufregenden Erlebnissen liebevolle Zuwendung brauchten.

Als Irmgard wieder nach unten kam, war zu hören, dass der Hubschrauber startete. Aber er drehte nicht ab, sondern begann erneut, seine Suchrunden zu fliegen.

„Wieso kreist der Helikopter immer noch?“ fragte sie.

Doch Christa wusste es auch nicht.

Heli, der nach einigen Minuten in Begleitung von Bergwachtlern zur Tür hereinkam, konnte ihre Fragen beantworten: „Kathi wird vermisst! Sie suchen nach ihr.“

O Schreck! Stimmt ja! Sie war nicht auf der Sonnbichlalm gewesen.

Bei dem Wirbel, der durch das Verschwinden der Kinder entstanden war, hatte ich daran nicht mehr gedacht.

Wo könnte sie sein?

Vielleicht auf dem Weg zum Schneibstein? Könnte ihr dort etwas zugestoßen sein?

Wenn sie mit Gästen unterwegs ist, bevorzugt sie die Tour, die man die „kleine Reibe“ nennt. Diese Rundtour verlangt zwar Ausdauer, ist aber auch für weniger geübte Bergwanderer geeignet; sie geht über den Schneibstein zum Seeleinsee, dann zurück über die Priesbergalmen, an der Brennhütte der Familie Grassl und an der Königstalalm vorbei und endet als „Sonnbichl-Variante“ wieder auf Kathis Alm.

Ich bin den Wanderern auf dieser Route schon einige Male begegnet und mein Erscheinen am Berg hat bei den Urlaubern immer ein ungläubiges Erstaunen verursacht.

Möglicherweise hatte sie diese ihre Lieblingstour unternommen, um zur Ruhe zu kommen.

Man durfte nichts unversucht lassen; deshalb musste ich Heli signalisieren, dass ich vielleicht die rettende Idee hatte.

Also, ein kurzes Streichen um seine Beine: er wurde auf mich aufmerksam: „Ja Charlie, du warst heute wirklich gut!“

Nein, falsche Schlussfolgerung!

Ich wollte kein Lob. Jetzt noch nicht!

Noch einmal um seine Beine, dann zur Tür, zurück zu Heli, wieder zur Tür! – Jetzt verstand er, was ich ihm mitteilen wollte: „Ich glaube, Charlie will uns etwas sagen.“

„Dummes Zeug!“ meinte Michel, der Polizeibergführer. „Das kenne ich nur bei Suchhunden! Vielleicht sollten wir doch die Hundestaffel anfordern.“

Heli war anderer Meinung: „Nein, Charlie weiß etwas. Schließlich war er es, der schon die Kinder gefunden hat.“

„Gut! Ein Versuch schadet nicht!“

Na, endlich!

Tür auf! – Hinaus! – Richtung Schneibstein!

Mein mir gegebenes Sehvermögen half mir, den Weg zu finden – die anderen mit Stirn- und Stablampen und mit der Rettungsausrüstung hinter mir her. Eine kurze Verständigung per Funk nach oben – der Hubschrauber folgte der „Pfotenspur“ bis zu einer Stelle, an der es seitlich fast senkrecht nach unten ging.

Wieder ein Funkspruch - dieses Mal vom Helikopter: „Die Wärmebildkamera hat einen Körper geortet!“

Der Pilot drehte bei, ging tiefer, hielt seine Maschine auf der Stelle und betätigte den Suchscheinwerfer.

Rechts vom Weg ging es ungefähr fünf Meter steil nach unten bis zu einem kleinen grasbewachsenen Plateau. Vorsichtig blickten die Männer über die Felskante.

Ich hielt mich etwas zurück. Wie jeder weiß, fehlt es mir nicht an Mut, doch die Aufmerksamkeit aller war nach unten gerichtet; leicht hätte man mich mit einem unbedachten Tritt auch hinab befördern können.

Meine Ahnung wurde zur Gewissheit.

„Dort auf dem Plateau liegt jemand!“ - „Eine Frau!“ - „Sie bewegt sich nicht!“ - „Es könnte Kathi sein!“

Die Männer der Bergwacht leuchteten mit ihren Scheinwerfern die Szene aus.

Michel und Dr. Magnus seilten sich vorsichtig ab.

Die Spannung oben war fast greifbar...

„Ja, es ist Kathi. Sie lebt! Doch sie ist bewusstlos!“, kam die erlösende Nachricht von unten.

Erleichtert atmeten alle auf.

Während Dr. Magnus eine erste Untersuchung vornahm, fand man sogar Zeit, sich mir zuzuwenden. „Charlie, du bist wirklich phänomenal!“, hieß es da;

und „Kaum zu glauben, dass du auch dieses Mal den richtigen Riecher hattest!“

Heli meinte stolz: „Ich habe es immer gewusst: Charlie ist ein ganz besonderer Kater!“

Menschen erröten bei so viel Lob. Ich strich bescheiden um die Beine meines Herrchens und gab Köpfchen.

Inzwischen war der Hubschrauber in unmittelbarer Nähe gelandet. Auf ein Signal wurde der Rettungskorb heruntergelassen. Michel und Dr. Magnus sicherten. Kathi wurde geborgen und sogleich zum Helikopter gebracht.

Bevor auch der Arzt den Rettungsflieger bestieg, gab er den gespannt Wartenden knappen Bescheid: „Sie ist nicht ansprechbar, ich musste intubieren; Knochenbrüche, Prellungen, starke Unterkühlung, Zustand zwar kritisch, hatte sehr wahrscheinlich großes Glück.“

Sofort drehte der Hubschrauber ab, um die Kreisklinik in Bad Reichenhall anzufliegen, wo sie schon erwartet wurden.

„Gott sei Dank, dass wir sie doch relativ schnell gefunden haben“, meinte Gottfried später auf dem Stahlhaus. Dort hatten sich nämlich alle Helfer zu einer wohl verdienten Stärkung eingefunden.

Und Heli meinte, indem er mir sanft über den Kopf strich: „Viel länger hätte sie dort nicht liegen dürfen! Die Nacht aber hätte sie sicher nicht überlebt.“

Irmgard war in den oberen Räumen gewesen, um nach den Kindern zu sehen. „Sie haben von der Bergung nichts mitbekommen und schlafen tief und fest."

Für mich war das ein Tag gewesen, den ich nie vergessen werde.

Mit dem befriedigenden Gefühl, den Menschen, die ich liebe, in großer Not geholfen zu haben, rollte ich mich auf der Bank zwischen allen, die noch beisammen saßen, ein und fiel in einen wohl verdienten Schlaf.

6. Intermezzo

Eine schreckliche Gewissheit

Später zogen sich Polizei und Bergwacht in die Diensthütte zurück. Müde, wie sie waren, wollten sie erst am frühen Morgen wieder nach unten fahren. Doch für die Polizisten war die Arbeit noch nicht zu Ende, sie mussten sogar um Verstärkung bitten, denn in den frühen Morgenstunden riss sie ein Anruf vom Krankenhaus aus dem Schlaf. Während sich die Männer von der Bergwacht verabschieden durften, mussten die Polizeibergführer Michel, Matthias und Rudi auf dem Weg zum Schneibstein die Absturzstelle so schnell wie möglich absichern, bevor Bergwanderer eventuelle brauchbare Spuren vernichten würden. Die meisten Anhaltspunkte waren sicher schon durch die nächtliche Rettungsaktion nicht mehr auffindbar.

Was war geschehen?

Der Helikopter hatte die verletzte Kathi, die auf dem Flug weiter stabilisiert werden konnte, aber immer noch immer noch nicht ansprechbar war, nach Reichenhall ins KKH, also ins Kreiskrankenhaus gebracht. Dort kam sie sofort in den Schockraum. Die Untersuchungen ergaben, dass sie anscheinend keine inneren Verletzungen erlitten hatte, doch ihre Knochenbrüche am Bein und an der Hand mussten sofort operativ gerichtet und die ausgekugelte Schulter wieder *eingerenkt werden. Den Ärzten gelang es schließlich, sie aus ihrer Bewusstlosigkeit herauszuführen, so dass sie sich kurz mit ihr verständigen konnten.*

„Sie sind in Bad Reichenhall im Krankenhaus. Sie hatten einen Unfall. Ihr rechtes Schienbein ist gebrochen, Ihr linkes Handgelenk ist verletzt und auch die linke Schulter. Wir müssen Sie operieren", bekam Kathi auf ihren fragenden Blick zur Antwort. „Sind Sie mit dem Eingriff einverstanden?"

Die ganze Situation drang zwar nicht ganz in Kathis Bewusstsein, doch irgendwie war ihr klar, dass eine Operation unumgänglich war; mit einem kaum hörbaren „Ja" gab sie ihr Einverständnis und schon empfing sie das wartende Operationsteam.

Doch zuvor hatte der untersuchende Arzt eine wichtige Entdeckung gemacht, die der örtlichen Polizei noch viel zu schaffen machen und Kripo und Staatsanwaltschaft aus Traunstein auf den Plan bringen würde.

Die Mitteilung, die die Polizeibergführer auf dem Jenner am frühen Morgen aus dem Schlaf gerissen hatte, lief nämlich darauf hinaus, dass ein Fremdverschulden den Absturz verursacht haben musste.

An Kathis Oberarmen waren starke Hämatome zu sehen, die nicht von dem Sturz herrühren konnten. Vielmehr sah es aus, als ob jemand die Frau an den Armen gepackt haben musste, um sie dann über die Felskante zu befördern. Außerdem hatte sich die Bäuerin dem Anschein nach gewehrt, denn unter ihren Fingernägeln be-

fanden sich Faserreste, die von einem grauen Walkjanker stammen mussten.

Die Klinikleitung hatte schon die Staatsanwaltschaft und die Kriminalpolizei in Traunstein benachrichtigt, die sich mit der Spurensicherung auf den Weg zum Tatort begaben.

Ein Beamter wurde zusätzlich abgestellt, der im Krankenhaus für Kathis Sicherheit verantwortlich war; an eine Befragung der Verletzten war vorläufig noch nicht zu denken.

Dritter Akt – 4. Szene

Spurensuche

Von den Neuigkeiten, die am frühen Morgen die Polizeibergführer in der Diensthütte erreicht hatten, erfuhr ich erst am Sonntag in der Frühe ... Frühe? – Es war immerhin schon 9.00 Uhr, als ich, vom Schlaf erfrischt, ein Auge riskierte, mich ausgiebig reckte und streckte und Irmgard und Heli in der Küche aufsuchte.

Die Kinder schliefen anscheinend noch; von ihnen war weder etwas zu hören noch zu sehen. Auch die Übernachtungsgäste erschienen erst jetzt nach und nach zum Frühstück. Den nächtlichen Umständen war es nämlich zu verdanken, dass die geltende Hüttenordnung – Frühstück von 7 bis 8 Uhr – außer Kraft gesetzt worden war.

Von der morgendlichen Betriebsamkeit aufgeweckt, erschienen nun auch Franzi und Nico. Noch schauten sie ziemlich verschlafen aus, glaubten vielleicht, die gestrigen Ereignisse seien nur ein böser Traum gewesen. Doch die Wirklichkeit holte sie rasch ein; sie erinnerten sich an ihr eigenes Erlebnis. Und dann hörten sie, wie sich die Gäste über den nächtlichen Helikoptereinsatz unterhielten. Und auch der Name der Sonnbichlbäuerin fiel.

„Was für ein Hubschraubereinsatz?“, fragten sie sofort.

„Galt der Kathi?“

„Wo ist Kathi?“

Irmgard beruhigte sie: „Kathi ist im Krankenhaus. Auf dem Weg zum Schneibstein ist sie über einen Felsen heruntergestürzt.“

„Und weiter?“

„Sie ist verletzt, aber sie lebt“, waren Helis Worte.

„Und Charlie ist der Held des Tages“, berichtete ein Gast.

„Er hat die Einsatzkräfte auf die richtige Spur gebracht.“

Franzi nahm mich auf den Arm und drückte mich mit den Worten „Du bist doch der allerklügste Kater!“

Es tut wirklich gut, immer wieder so gelobt zu werden.

Ich sträubte mich trotzdem und strebte nach unten, denn ich musste unbedingt nach draußen. Warum? Es war dringend, halt mein übliches Geschäft.

Als ich weiche Erde darüber gedeckt hatte, schweifte mein Blick hinüber zum Schneibstein. Dort waren schon einige Leute unterwegs. War wieder etwas geschehen? Doch ich hatte mein Frühstück noch nicht eingenommen und kehrte ins Haus zurück. Ich kam gerade zur rechten Zeit: Franzi und Nico waren nämlich gerade dabei zu erzählen, wieso man sie gestern auf der Sonnbichlalm eingesperrt hatte.

Frühstück verschieben! Zuhören! Das interessierte mich auch.

Die beiden berichteten abwechselnd. Nico begann: „Also, wir hatten erfahren, dass man Kathi übel mitgespielt hatte und ihre Gäste aus Angst abgereist waren. Und die Kathi ist dann mit dem Heli hinauf zur Alm. Weil wir uns Sorgen gemacht haben, beschlossen wir, sie da oben nicht alleine zu lassen und sie am nächsten Tag aufzusuchen."

„Doch unsere Eltern hätten uns das bestimmt nicht erlaubt, denn es hätte auch uns etwas passieren können. Deshalb haben wir vorgegeben, nur Charlie, Irmgard und Heli besuchen zu wollen", meinte Franzi.

„Vom Stahlhaus aus haben wir uns heimlich zur Sonnbichlalm aufgemacht."

„Das wissen wir doch alles schon. Kommt doch endlich zur Sache!"

Die Kinder ließen sich nicht aus der Ruhe bringen.

Franzi erzählte weiter: „Die Tür zur Almhütte war nicht verschlossen. Wir gingen hinein und ... und riefen laut nach Kathi."

„Keine Antwort."

„Wir durchsuchten jeden Winkel."

„Als wir gerade in der hinteren Kammer waren, hörten wir draußen etwas. – Kathi? – Ich wollte sofort zur Tür..."

„Doch ich habe Franzi zurückgehalten."

„Warum?"

„Jemand hustete. Das klang nicht nach Kathi. Das musste ein Mann sein. Anton war es sicher nicht."

„Wir versteckten uns in der Kammer hinter einer großen Kiste ..."

„... und hatten schreckliche Angst."

„Und dann wurde die Tür zur Kammer geschlossen."

„Wir hörten, dass der Schlüssel herumgedreht wurde."

„Es waren zwei Männer, die miteinander redeten."

„Habt ihr etwas verstehen können?"

„Ganz wenig. Sie sprachen ziemlich leise, doch plötzlich wurden sie lauter."

„Warum hast du das getan?", fragte einer der beiden ziemlich erregt.

„Die Antwort habe ich nicht verstanden. Etwas später, und das war das letzte was ich hören konnte: „Niemand hat uns gesehen!" "

„Habt ihr ihre Stimmen erkannt?"

„Nein! Und gesehen haben wir die Männer auch nicht."

„Ja, und zum Schluss haben sie wohl alle Läden geschlossen und die Außentür verriegelt."

„Wieso wisst ihr das?"

„Den Geräuschen nach haben wir es vermutet."

„Und es hat doch gestimmt! Oder nicht?"

„Wir haben uns eine Zeit lang nicht getraut, uns zu

rühren. Sie hätten ja noch draußen sein und die Alm beobachten können."

„Doch dann haben wir ein Geräusch vernommen."

„Es hat geklungen, als ob ein Motorrad gestartet würde."

„Und bald darauf ist Charlie gekommen!"

Und Franzi nahm mich wieder auf den Arm: „Lieber Charlie!"

Nico streichelte mich: „Guter Charlie! Kluger Charlie!"

Es war rührend. Meinen Menschen standen die Tränen in den Augen.

Irmgard und Heli schauten sich bedeutungsvoll an: „Dann hat ja bestimmt einer von diesen Burschen die Kathi über die Felskante herunter gestoßen."

Augenblicklich war es mit der Rührseligkeit vorbei. Die Stimmung schlug von einem Moment zum anderen um.

Franzi konnte nur entsetzt flüstern: „Was? Kathi ist gestoßen worden?"

Nico meinte altklug: „Dann war das ja versuchter Mord!"

„Ja, alle Anzeichen sprechen dafür. Wir haben es schon am frühen Morgen erfahren. Das Krankenhaus hat drüben in der Diensthütte Bescheid gegeben. Ein Hauptkommissar der Kripo Traunstein ist mit seinem Assistenten und einem Ermittlungsteam gekommen.

Sie suchen mit Hilfe unserer Polizisten hier oben nach Spuren und recherchieren auch schon in der Schönau."

Die Leute, die ich vorhin drüben am Schneibstein gesehen hatte, suchten also nach den Spuren der Täter.

Sollte ich vielleicht mit meiner Spürnase...?

Der Gedanke war verlockend.

Doch ich hatte immer noch nichts im Magen. Ohne ein ausgiebiges Frühstück, das ich nun schon mehrmals verschoben hatte, lief überhaupt nichts.

7. Intermezzo

Hektik im Tal

In der Schönau war man noch ahnungslos.

Franzis Eltern waren ziemlich spät vom Konzert der Biermösl Blosn nach Hause gekommen.

Sie hatten dort Freunde getroffen und hinterher bei einem Glas Wein zusammen gesessen. Die Kinder wussten sie ja auf dem Stahlhaus in sicherer Obhut.

Doch Clarissa schlief ziemlich unruhig in dieser Nacht. Als sie aufwachte, es war gerade halb acht, beschlich sie ein ungutes Gefühl. Sie wollte in die Küche, um sich zuerst einen starken Kaffee zu kochen. Da fiel ihr auf, dass am Telefon die Anzeige des Anrufbeantworters blinkte. Wer hatte denn schon so früh am Morgen angerufen? Oder hatte man versucht, sie schon am gestrigen Abend zu erreichen?

Sie drückte die Wiedergabetaste und hörte die monotone Stimme der automatischen Ansage: „Sie haben eine neue Nachricht, gestern um 18 Uhr 30" und dann hektisch: „Heli hier! Sind die Kinder wieder bei euch? Sie haben sich unbemerkt davongemacht. Wir suchen sie. Ruft dringend zurück!"

Bastian war auch aufgestanden und hatte mitgehört. Als er zum Hörer greifen wollte, in diesem Augenblick läutete das Telefon. Es war Heli.

Gedankenübertragung?

„Ihr braucht euch keine Sorgen mehr zu machen. Wir haben die Kinder gefunden. Sie waren auf der Sonnbichlalm", beruhigte er Franzis Eltern.

Dann berichtete er ausführlich, was geschehen war; er teilte ihnen auch noch kurz mit, dass Kathi über eine Felskante gestürzt war und dass vielleicht jemand nachgeholfen hatte; denn zu diesem Zeitpunkt stand schon fest, dass ein Fremdverschulden vorliegen musste.

„Sie ist ins Krankenhaus nach Bad Reichenhall gebracht worden."

Clarissa wollte sofort die Kinder sprechen, doch Heli wehrte ab: „Sie schlafen noch. Und dann wollen Beamte von der KripoTraunstein sie befragen. Ihre Aussage ist äußerst wichtig."

Bastian fiel ihm ins Wort: „Wir nehmen den Geländewagen und kommen sofort nach oben."

Doch Heli wandte ein: „Wartet noch! Ich habe Nicos Eltern in München erreicht. Sie sind schon auf dem Weg. Dann kommt ihr gemeinsam hochgefahren."

Der Vorschlag war vernünftig und wurde akzeptiert.

Kommissar Leineweber aus Traunstein war inzwischen mit Polizeimeister Heinze aus Berchtesgaden unterwegs zum Sonnbichlhof. Dort trafen sie aber nur Steffen, Antons Vertretung, an. Sophie und ihr Mann, die nichts von dem Verbrechen ahnten, waren nämlich schon zeitig mit dem Geländewagen nach oben gefahren.

Der Beamte wollte natürlich wissen, wo Sophie und Anton den gestrigen Tag verbracht hatten. Sie gehörten schließlich zu Kathis engstem Umkreis und mussten überprüft werden.

Nach Steffens Aussage war das Ehepaar den ganzen Samstag unterwegs gewesen, um in Traunstein oder Freilassing einiges für den Hof und die Pension zu besorgen. Angeblich wären sie aber nicht fündig geworden und unverrichteter Dinge erst am späten Abend zurückgekehrt.

Stimmten diese Angaben? Hatten sie ein Motiv? Konnten die beiden für die Tatzeit ein hieb- und stichfestes Alibi vorweisen?

Die Sachlage würde sich vielleicht durch eine Befragung klären lassen. Deshalb wurden die Beamten am Berg verständigt, dass das Ehepaar auf dem Weg nach oben war.

Nicos Eltern waren dieses Mal über die Autobahn gefahren und gut durchgekommen. Mit Clarissa und Bastian brachen sie mit dem Geländewagen zum Stahlhaus auf. Normalerweise darf man nur mit einer besonderen Genehmigung die Wege zum Jenner befahren, aber die eingetretene Ausnahmesituation hob natürlich das Verbot auf.

8. Intermezzo

Sensationsgier

Am Sonntagmorgen fing man sich in der Talstation der Jennerbahn zu wundern an.

Schon bevor die erste Gondel startete, also vor 9.00 Uhr, standen die Leute an. Bei schönem Wetter und dazu am Sonntag war der Andrang oft groß, aber meistens erst gegen Mittag. Der Urlaubsgast steht vor allem am Sonntag nicht so früh auf, oft ist es sein erster Ferientag, und überlegt sich erst beim Frühstück, was er an diesem Tag unternehmen soll. Man diskutiert erst einmal, denn in einer Familie beispielsweise haben nicht alle die gleichen Vorlieben. Wenn man sich dann endgültig für einen Ausflug auf den Jenner entscheidet, ist schon später Vormittag; man muss sich auch nicht besonders beeilen, denn bei einem bequemen „Aufstieg“ und einem ebensolchen „Abstieg“ mit der Gondelbahn kommt niemand ins Schwitzen. Unterschiedlich sind dann auch noch die Wege der Touristen, meistens von superleicht bis leicht. Als Mensch aus der Ebene soll man ja seine Kräfte nicht überschätzen. Allein, wie schon zu Beginn erwähnt, das Panorama, das sich dem „Gipfelbezwinger“ bietet, ist einfach großartig.

So viel also zum Benutzer der Gondelbahn!

Aber an diesem frühen Sonntag war alles anders.

Auffällig viele der Wartenden trugen eine aufwändige Kameraausrüstung mit sich. Zu diesen Menschen gesellte sich am späten Vormittag noch eine große Anzahl von Touristen.

Alle, die sich an der Kasse drängten, zeigten den gleichen, nach Sensation gierenden Gesichtsausdruck.

Sie flüsterten aufgeregt hinter vorgehaltener Hand miteinander, als gelte es, ein Geheimnis zu bewahren, von dem sonst niemand etwas erfahren durfte; es hatte sich in Windeseile herumgesprochen, dass sich auf dem Jenner eine dramatische Begebenheit abgespielt haben musste. Was tatsächlich geschehen war, das wusste niemand genau. Jemand wollte schon am Abend zuvor einen Hubschrauber gesichtet haben, der mit einem Scheinwerfer das Gipfelgebiet abgesucht hatte.

Die Reporter und die Kamerateams wussten angeblich schon mehr; sie hatten schließlich ihre Kontakte und kamen an Informationen, die dem „normalen" Bürger nicht zugänglich waren.

Doch oben angekommen, wurden alle enttäuscht. Vom Weg an, der zur Mitterkaseralm führt, ging es nicht weiter in Richtung Torrener Joch; der Verbindungsweg Stahlhaus – Schneibsteinhaus durfte nicht benutzt werden. Auch auf die übliche Weise von unten konnte das Schneibsteinhaus nicht erreicht werden.

Die vielen Menschen würden nur die Arbeit der Spurensicherung behindern.

Man verwies die Neugierigen an die Pressestelle von Polizei und Staatsanwaltschaft, die die Öffentlichkeit am frühen

Abend unterrichten würde. So blieb denen, die auf eine Sensation gehofft hatten, nichts anderes übrig, als ein paar Fotos zu schießen, die Talfahrt anzutreten oder abzusteigen und sich mit Vermutungen zu begnügen.

Jennerbahn Bergstation

Dritter Akt – 5. Szene
Spurensuche – II. Teil

Am Morgen hatte die Beamten der Spurensicherung ihre Arbeit begonnen.

Auf der Sonnbichlalm fanden sie viele Fingerabdrücke, was nicht verwunderlich war, denn dort hatten sich natürlich mit der Zeit immer wieder andere Menschen aufgehalten.

Für mich, den begnadeten Spurensucher mit der Gabe, die Gedankengänge der Menschen, die ich kenne, intuitiv zu erfassen, gibt es keine Schranken, keine Absperrungen, kurz gesagt, kein Tabu.

In erster Linie interessierte mich die Spurensicherung am Tatort.

An der Absturzstelle liefen sie mit weißen Überzügen über den Schuhen herum, doch der felsige Boden am Tatort hatte keine brauchbaren Fußspuren zugelassen.

Ich versuchte zu helfen, wurde aber von den Beamten aus Traunstein nicht ernst genommen. – Leute vom außerhalb können begreiflicherweise nichts von meinen ungewöhnlichen Fähigkeiten wissen. – Sie ignorierten mich, als ich ihnen meine Hilfsbereitschaft signalisierte, indem ich ihnen andauernd um die Beine strich und anschließend zu den Steinen, den Latschenkiefern und zur Felskante lief. Sie verstanden einfach meine Sprache nicht.

„Na, Kätzchen, steh uns nicht im Weg herum!“, hieß es. „Fang lieber ein paar Mäuse!“

Mich „Kätzchen“ zu nennen ist schon per se – das heißt, von der Sache her – eine Beleidigung, ich bin schließlich ein ausgewachsener Kater und kein niedlicher Stubentiger. Und im Weg stehe ich nie herum und überhaupt ... mein Angebot abzulehnen, das empfinde ich als Kränkung.

Diese Leute sind gar nicht in der Lage, eine Spur anhand ihres Geruches zu verfolgen und akribisch den Weg von hier bis zur Sonnbichlalm abzusuchen.

Sie sind zwar keine „Katzenhasser“, aber auch keine „Katzenkenner“.

Für den Augenblick zog ich mich beleidigt zurück und beobachtete misstrauisch aus der Entfernung ihr geschäftiges Tun.

Alles, was sie nach stundenlanger Suche vorzuweisen hatten, waren ein paar Fasern, die sich an den niedrigen Latschenkiefern verfangen hatten, und die in Plastiksäckchen eingetütet wurden.

Ich dagegen, ich hätte...

Wenn man meine Hilfe nicht annehmen will, dann lieber zurück zum heimischen Herd!

Aber auch dort trieben sich die Polizeibeamten herum.

Doch halt, ich will nicht despektierlich von ihnen reden, sie tun nur ihre Pflicht.

Trotzdem hätte ich vorgezogen, offiziell in die Spurensuche mit einbezogen zu werden.

Inzwischen waren auch die Eltern von Franzi und Nico angekommen. Die leichte Verstimmung über das eigenwillige Vorgehen ihrer Sprösslinge wurde übertroffen von der Freude, sie wohlbehalten in die Arme schließen zu können. Schließlich hatte das ganze Abenteuer ein gutes Ende genommen; und Kathi war dank der groß angelegten Suche, die zuerst den Kindern gegolten hatte, noch rechtzeitig gefunden worden.

Wenn kein Hubschrauber und vor allem kein Kater vor Ort gewesen wäre, was dann?

Aber nun waren die menschlichen Ermittler wieder an der Reihe, denn zur Befragung taugen Katzen wirklich nicht.

Franzi und Nico mussten alles noch einmal erzählen und die Zwischenfragen der Beamten beantworten.

Dass die Übeltäter auf einem Motorrad dahergekommen waren notierten sie interessiert.

Wenn die Kinder auch immer wieder beteuerten, die beiden Männer weder gesehen noch an den Stimmen erkannt zu haben, schloss die Kripo nicht aus, dass sie vielleicht ihre Freunde Sophie und Anton schützen wollten.

9. Intermezzo

Ein Verhör

Sophie und Anton waren am Sonntag bis zur Absperrung auf dem Weg zum Schneibsteinhaus gekommen. Bis zu diesem Zeitpunkt hatten sie noch nichts von den Vorkommnissen der letzten Nacht erfahren. Die Polizei hatte sie absichtlich nicht darüber informiert, gehörten die beiden doch zu Kathis direktem Umfeld und zählten somit zu den verdächtigen Personen. Eine Benachrichtigung hätte ihnen eventuell Zeit gegeben, ihre Aussagen miteinander abzusprechen.

Erstaunt sahen sie sich an dieser Absperrung mit einem Polizisten konfrontiert, der sich ihre Fahrerlaubnis zeigen ließ. Er winkte sie sofort weiter, als er sah, mit wem er es zu tun hatte, bat sie aber, sich zur Diensthütte der Polizei zu begeben, ohne diese Anordnung zu begründen.

Hauptkommissar Wegscheider aus Traunstein hatte sich schon bei der örtlichen Polizei über das Verhältnis der beiden zur Sonnbichler Kathi kundig gemacht und erfahren, dass Sophie und Anton mit Kathi sehr vertraut waren und von ihr wie Familienmitglieder behandelt wurden.

Von den Schikanen seitens der am Bau des Hotels Interessierten waren die Kriminalbeamten, die am Jenner recherchierten, noch nicht in Kenntnis gesetzt worden; es war noch keine Zeit gewesen, sie mit den örtlichen Verhältnissen unten im Tal vertraut zu machen.

Anton und Sophie hatten immer noch nicht erfahren, dass Kathi beinahe das Opfer eines Mordanschlags geworden wäre. Gerade wollte Wegscheider sie darüber aufklären, als das Telefon klingelte. Der Anruf kam von dem Kommissar Leineweber, der erste Untersuchungen auf dem Sonnbichlhof durchführte.

Er hatte von einer wichtigen Entdeckung zu berichten: „Vom Schreibtisch der Sonnbichler Kathi habe ich einige Unterlagen sichergestellt, darunter auch ein Testament der Bäuerin, das erst vor vierzehn Tagen verfasst worden ist.“

„Kommen Sie zur Sache!“, lautete die Bitte des Hauptkommissars.

„Der einzige Verwandte, der Neffe Vizenz, ist überhaupt nicht bedacht. Die Erben von Haus und Hof, dem Barvermögen und der Lebensversicherung sind Sophie und Anton Kranzler.“

„Das ist ja sehr interessant!“, bedankte sich Hauptkommissar Wegscheider und kehrte zu dem Ehepaar Kranzler zurück.

„Ich habe gerade erfahren, dass Sie von der Sonnbichlerin einmal den ganzen Besitz erben werden“, eröffnete er ihnen.

„Das wissen wir. Sie betrachtet uns gewissermaßen als ihre Kinder. Aber wieso erzählen sie uns das?“, fragte Anton erstaunt.

„Noch ist es ja nicht so weit“, warf Sophie ein, die sich auch über diese Mitteilung wunderte.

„Aber beinahe wäre es so weit gewesen!“, war die Hiobsbotschaft.

Und Wegscheider, der aus guten Gründen den versuchten Mord bisher verschwiegen hatten, ließ die Kranzlers nicht weiter über die Vorkommnisse der letzten Nacht im Unklaren.

„Und wir sollen damit etwas zu tun haben?“, wollte Anton wissen.

„Wir sind doch eine Familie. Außerdem waren wir den ganzen Tag unterwegs.“

„Was hatten Sie zu tun?“

„Wir sollten uns in Traunstein oder Freilassing nach Ersatzteilen und nach einer neuen oder gebrauchten Mähmaschine umschauen.“

„Und? Sind Sie fündig geworden?“

„Nein! In Traunstein gab es nicht das, was wir suchten.“

„Und in Freilassing?“

„Es war Samstag und schon nach 12. Wir kamen zu spät. Die Firma hatte schon geschlossen.“

„Aber wieso sind Sie erst am Abend wieder auf dem Hof gewesen?“

„Heli hat uns vom Stahlhaus aus angerufen“, erklärte Sophie. „Wir sollten ihm behilflich sein.“

„Wieso?“, kam es von Leineweber.

„Er hatte einiges vergessen, in Salzburg zu besorgen. Wir sollten Toilettenpapier, Putzmittel und Katzenfutter kaufen und alles mit unserem Geländewagen zur Materialseilbahn

bei der Unteren Jochalm bringen. Den Gefallen haben wir ihm dann auch getan.

Heli bestätigte die Angaben der Familie Kranzler.

„Dann haben wir uns auf den Heimweg gemacht“, sagte Anton weiter aus.

Jetzt war der Kommissar wieder an der Reihe. Er hatte sich inzwischen die Landkarte genauer angeschaut und meinte: „Sie hätten aber auch mit ihrem Wagen bis zur „Oberen Jochalm“ fahren können. Von dort aus ist es nicht mehr weit bis hier hinauf.“

„Brauchen wir ein Alibi? Werden wir denn verdächtigt?“

Wegscheider entgegnete: „Wir müssen jeden aus dem Umfeld von Frau Sonnbichler befragen. Und dass Sie als Erben eingesetzt sind, das macht Sie verdächtig.“

Sophie und Anton konnten nicht glauben, dass man sie ernsthaft als Täter in Betracht zog. Sie zermarterten sich den Kopf, wie sie nachweisen konnten, dass sie am Samstag nicht auf dem Jenner gewesen, sondern nur bis zur Unteren Jochalm gefahren waren.

Einzig Kathi konnte die entsprechende Auskunft geben, denn sie hatte dem Täter von Angesicht zu Angesicht gegenüber gestanden.

Er musste sie ganz fest an den Oberarmen gepackt haben, um sie über die Felskante zu schieben. Das hatte man an der Art ihrer Hämatome an den Armen erkennen können. Außerdem hatte man ja noch die Faserreste unter ihren Fingernägeln gefunden.

Aber die Sonnbichlerin konnte noch nicht befragt werden. Sie war noch in der Nacht operiert worden, war zwar danach aus der Narkose erwacht, bekam aber starke Schmerzmittel, die sie in ein künstliches Koma versetzten. Erst wenn man sie aus diesem Tiefschlaf zurückholen würde, war an eine vorsichtige Befragung zu denken.

Sophie und Anton durften gehen, mussten sich aber, wie es in der Polizeisprache heißt, zur Verfügung halten und am nächsten Tag auf der Polizeiinspektion in Berchtesgaden erscheinen, damit ein Protokoll angefertigt werden konnte.

Sie beschlossen, eine Nacht bei Irmgard und Heli zu bleiben und erst am nächsten Morgen abzusteigen. Sie brauchten Freunde, mit denen sie reden konnten, um die schrecklichen Ereignisse zu verarbeiten.

Vierter Akt – 1. Szene
Presserummel – I. Teil

Noch war die Öffentlichkeit nicht darüber unterrichtet worden, welche entscheidende Rolle ich bei der ganzen Geschichte gespielt hatte. Bekannt war auch nicht, was die Kinder erlebt hatten.

Der Übeltäter, dessen Absicht es gewesen sein musste, Kathi aus dem Weg zu räumen, sollte sich weitgehend in Sicherheit wiegen. Auch eventuelle Zeugen, wie beispielsweise Franzi und Nico, sollten nicht gefährdet werden. Kathi, die auf der Intensivstation optimal überwacht wurde, drohte von außen, also vom Täter, keine Gefahr.

Ich selbst - ich wusste ja genau Bescheid - konnte aber schon von Natur aus nichts verraten.

Um Spekulationen zuvorzukommen, brachte der Bayerische Rundfunk in der Nachrichtensendung um 18.00 Uhr eine Meldung, die wir natürlich hier oben alle hören konnten:

„Wie die Polizeiinspektion Berchtesgaden mitteilte, fand gestern am Jenner eine ungewöhnliche Rettungsaktion statt: Kater Charlie, der seit acht Jahren auf dem Carl-von-Stahl-Haus zu Hause ist, gelang es früher, als der Polizei und der Bergwacht, drei vermisste Personen aufzuspüren. Der Kater führte die Hüttenwirte vom Stahlhaus und vom Schneibsteinhaus auf die Fährte von zwei vermissten Kindern, die unverletzt gefunden wurden. Zum anderen konnte dank seines Spürsinns eine am Schneibstein abgestürzte Frau geborgen werden."

Genauere Einzelheiten wurden nicht preisgegeben. Dass Kathi den Anschlag überlebt hatte, wurde absichtlich verschwiegen.

Diese Information wurde dann auch am Montag in der Presse veröffentlicht.

10. sehr kurzes Intermezzo

Presserummel

Franzi und Nico waren schon am Sonntag mit ihren Eltern in die Schönau zurückgekehrt.

Dadurch, dass Heli am Samstagabend telefonisch auf einigen Hütten nach den Kindern gefragt hatte und der anschließende Hubschraubereinsatz nicht unbemerkt geblieben war, konnte die Identität der beiden nicht geheim gehalten werden. Den Eltern gelang es aber, ihre Sprösslinge abzuschirmen, bis sich das Interesse der Medien ein wenig gelegt hatte.

Dafür wurde die Warteschlange an der Talstation der Jennerbahn von Montag an immer länger.

Neugierige Touristen mischten sich unter die Reporter und Kamerateams.

Jeder wollte den Ort des Geschehens in Augenschein nehmen.

Vierter Akt – 2. Szene
Presserummel – II. Teil

Was heißt hier „Ort des Geschehens?“ Mich wollten sie in Augenschein nehmen, mich, den berühmten Kater vom Jenner.

Und so war es auch. Alle kamen wirklich nur meinetwegen.

Man wollte mich sehen und fotografieren.

Am Anfang war das alles ungewohnt und neu. Die Aufmerksamkeit, die mir zuteil wurde, schmeichelte mir zuerst ungemein, wurde mir aber bald lästig.

Ich hatte keine ruhige Minute mehr und fühlte mich in meiner Intimsphäre gestört. Außerdem war meine Arbeit hier oben noch nicht beendet. Der Mensch, der Kathi ins Jenseits hatte befördern wollen, lief immer noch frei herum; ich war fest davon überzeugt, dass Sophie und Anton zu einer solchen Tat nicht fähig sind; außerdem war ich sicher, dass ich eine verwertbare Spur finden würde, die von der Polizei übersehen worden war.

Um wieder meine Ruhe zu haben, griff ich tief in die Trickkiste, obwohl ich zugeben muss, dass mein Plan schon ein bisschen perfide war.

Wer auch nur meine Schwanzspitze erblickte, war

hinter mir her. So führte ich meine Verfolger zum Schneibsteinhaus, wartete, bis Poldi sich blicken ließ – ich auf ihn zu, er auf und davon; ich duckte mich im hohen Gras, wie in der Geschichte vom Hasen und vom Igel – dieses Märchen kenne ich, weil ich dabei gewesen bin, als es Franzi vor Jahren vorgelesen worden ist – die Meute hinter meinem Kollegen her und ich ... verkrümelte mich.

Der getigerte Norwegische Waldkater war nun das Zielobjekt, denn keiner der sensationslüsternen Menschen konnte wissen, wie der Kater mit der Superspürnase wirklich aussah; mein Konterfei war nämlich noch nicht veröffentlicht worden. So vereinnahmten sie Poldi, der nicht wusste, wie ihm plötzlich geschah. Ich hatte ihn zu meinem „Double" gemacht. Dafür war ich ihm dankbar.

Ich werde mir überlegen, ob ich ihn vielleicht künftig nicht mehr jagen werde; gar nicht mehr...? Doch, wenigstens ab und zu! Ich kann ja nicht auf jeden Spaß verzichten.

Jedenfalls hatte ich wieder meine Ruhe und konnte mich auf das Wesentliche konzentrieren: Kathis potentieller Mörder musste gefunden werden.

11. Intermezzo

Ermittlungen in der Schönau

Die Kripo Traunstein wurde bei ihrer Ermittlungsarbeit von der örtlichen Polizei tatkräftig unterstützt. Diese Zusammenarbeit war unbedingt nötig, denn die Verhältnisse, die Verbindungen und Verstrickungen innerhalb einer Gemeinde erschließen sich keineswegs ortsunkundigen Personen. Fremden gegenüber verhalten sich alteingesessene Bürger eher misstrauisch, vor allem, wenn es darum geht, interne Vorgänge preiszugeben.

Rudolf Heinze, der Revierleiter, und auch seine Beamten sind mit der gesellschaftlichen Struktur der einzelnen Marktgemeinden vertraut, wissen, wer das Sagen hat, denn sie leben schon von Kindesbeinen an vor Ort und bilden mit den Einheimischen eine mehr oder weniger verschworene Gemeinschaft. Man kennt sich eben.

Von diesen Polizeibeamten erfuhr Hauptkommissar Wegscheider, was sich im Zusammenhang mit dem Bauvorhaben des Wellnesshotels ereignet hatte und wer alles betroffen war. Er machte sich umfassende Notizen über die in Frage kommenden Personen, vor allem interessierte ihn, wie die Einzelnen zueinander standen.

Für diejenigen Leser, die nicht mehr genau mit den Gegebenheiten vertraut sind und nicht zurückblättern wollen, folgt eine Retrospektive der Ereignisse.

Bergmüller, der Hotelier, wollte in der Schönau ein Wellnesshotel errichten lassen und ließ seinen Architekten Hundhammer einen Bauplan, inklusiv eines Flächennutzungsplans anfertigen, der seinen eigenen Wünschen und Vorstellungen entsprach. Verhandlungen mit dem Bauunternehmer Hansen, der dringend einen lukrativen Auftrag benötigte, waren schon angelaufen.

Auch die Besitzer der in Frage kommenden bebauten oder unbebauten Grundstücke waren kontaktiert worden; diese waren grundsätzlich mit einem Verkauf einverstanden.

Einzig die schriftliche Zustimmung der Sonnbichler Kathi zur Veräußerung ihres Hofes lag noch nicht vor; man könne diese Bestätigung problemlos nachreichen, wurde glaubhaft versichert, da eine mündliche Absprache getroffen worden wäre. Diese Zusicherung wurde später nicht gefunden und war angeblich verlegt worden.

Nachdem der Gemeinderat dem Bauplan und dem Flächennutzungsplan zugestimmt hatte, wurde der Antrag mit den Plänen offengelegt, damit innerhalb der Frist eines Monates Einspruch erhoben werden konnte.

Natürlich sprach die Sonnbichler Kathi sofort ein Veto aus, denn der Verkauf ihres Hofes hatte ihrer Aussage nach nie zur Debatte gestanden.

Dieser Einspruch brachte den Protest des Bauunternehmers und vor allem den der betroffenen Bauern auf den Plan, denn diese würden durch den Verkauf ihrer ohnehin nicht genutzten Wiesen einen beträchtlichen Geldbetrag einstreichen können.

Vinzenz, der Neffe der Sonnbichlbäuerin hatte großes Interesse an der Veräußerung des Hofes. Ihm hatte man seitens des Hoteliers und des Bauunternehmers beim Zustandekommen des Verkaufs eine stattliche Provision versprochen. Vor allem die Tatsache, dass das Barvermögen seiner Tante beträchtlich anwachsen würde, war für ihn als einzigen leiblichen Verwandten und somit als alleinigen Erben von Bedeutung.

Doch die Sonnbichler Kathi war zu keinen Verhandlungen bereit und lehnte großzügige Angebote kategorisch ab.

Auch durch Drohungen und Schikane der Involvierten ließ sie sich nicht beirren: die Bauern odelten an der Grenze zum Anwesen der Sonnbichlerin, dass es zum Himmel stank; dann ging eine Scheune des Hofes in Flammen auf.

Um Kathi einzuschüchtern ließ man sich sogar dazu verleiten, unschuldige Tiere zu quälen und zu töten.

Diese ganzen Ereignisse hatten sich im Vorfeld abgespielt und hatten schließlich, wie es den Anschein hatte, in einem Mordanschlag gegipfelt.

Da man ein Testament der Bäuerin gefunden hatte, das die Eheleute Kranzler als alleinige Erben auswies, zählten Sophie und Anton zum Kreis der verdächtigen Personen.

So stellten sich für den Hauptkommissar die Fakten dar.

Im Zuge seiner Ermittlungen fuhr zuerst Wegscheider am Dienstag mit Revierleiter Heinze in die Kreisklinik nach Bad Reichenhall, um sich nach dem Befinden von Kathi Sonnbichler zu erkundigen. Vielleicht konnten die Kriminalbeamten schon etwas von ihr erfahren.

Die Auskunft des Oberarztes war einerseits beruhigend: „Sie hat die Operation gut überstanden; wir haben sie heute aus dem Tiefschlaf aufwecken können."

Doch dann bekamen sie andererseits zu hören: „Sie ist noch nicht belastbar und kann keiner Aufregung ausgesetzt werden. Vor morgen ist an eine Befragung nicht zu denken. Wir werden Sie anrufen, wenn die Patientin bereit ist. Sie müssen verstehen, dass wir bei einem Anruf Ihrerseits keine Auskunft geben können."

Also mussten die beiden Beamten unverrichteter Dinge wieder nach Berchtesgaden zurückkehren.

Für 11 Uhr hatte man die beiden Kinder in Begleitung ihrer Eltern zur Polizeiinspektion bestellt, damit ein Protokoll aufgenommen werden konnte.

Nachdem Franzi und Nico erfahren hatten, dass sich Kathi nicht in Lebensgefahr befand, hatten sie sich so weit gefangen, dass sie es aufregend fanden, in die Polizeiinspektion „vorgeladen" zu werden. Sie kamen sich äußerst wichtig vor, konnten aber immer noch keine brauchbaren Auskünfte über die Identität der beiden Männer geben. Ja, sie waren sich sicher, dass sie eindeutig männliche Stimmen gehört hatten.

Nein, sie irrten sich nicht!

Ja, es waren zwei Personen!

Ja, sie glaubten, ein Motorrad gehört zu haben!

„Wenn Kater Charlie uns nicht aufgespürt hätte...“ – war für sie von größerer Bedeutung.

„Vielleicht hätte man uns nie gefunden“, flüsterte Franzi ganz leise, denn sie wollte die Arbeit der Suchmannschaft nicht diskreditieren.

Man sah den Kindern die Enttäuschung darüber an, dass ihre Aussagen zu keiner weiteren Erkenntnis geführt hatten; doch ihre Mienen hellten sich sofort auf, als Kommissar Leineweber ihnen anbot, sie mit dem Streifenwagen nach Hause zu fahren.

Beide Elternpaare protestierten energisch: „Das muss doch nicht sein! Wir sind doch selbst mit dem Auto da!“ und „Das sorgt doch nur für unnötiges Aufsehen!“

Sie hatten keine Chance, sich durchzusetzen.

Franzi und Nico strahlten natürlich noch mehr, als Leineweber sogar für ganz kurze Zeit das Martinshorn ertönen ließ, was ja eigentlich nur in besonderen Situationen erlaubt ist.

Am Nachmittag wollte man Bergmüller und Hansen einvernehmen. Um einen guten Eindruck zu machen, waren die beiden Unternehmer übereingekommen, ohne Rechtsbeistand zu erscheinen.

„Wir haben uns schließlich nichts vorzuwerfen!"

Es wurde ihnen aber nicht mitgeteilt, dass die Bäuerin den Anschlag überlebt hatte.

Dass sie die Sonnbichlerin massiv unter Druck gesetzt hatten, davon ließen sie natürlich nichts verlauten. Kathi konnte ihnen, wie sie fälschlicherweise annahmen, nicht mehr widersprechen.

Die Arroganz, die der Hotelier an den Tag legte, ließ Wegscheider Zornesröte ins Gesicht steigen.

„Sie haben also nichts unternommen, damit die Sonnbichlerin einem Verkauf zustimmt, haben ihr nicht mit entsprechenden Maßnahmen gedroht?", fragte er.

„Das habe ich nicht nötig", bekam er zur Antwort.

„Dafür hat er Handlanger, die für gutes Geld zu einigem bereit sind", war Wegscheiders Meinung, die er aber für sich behielt.

Und Bergmüller setzte fort: „Ich habe ihr nur ein sehr lukratives Angebot gemacht. Doch sie hat es nicht angenommen."

Dem Hotelier war nicht zu beweisen, dass er seine Finger im Spiel gehabt hatte. Heinze war zwar der Ansicht, dass vor allem die „Jaucheaktion" der Bauern auf Bergmüllers Konto und auf das des Bauunternehmers gegangen war, denn ihm war zugetragen worden, dass man die beiden einige Male mit den Bauern im Gasthaus „Waldhauser" gesehen habe. Sie hätten die Köpfe zusammengesteckt und sich sehr wahrscheinlich diese übel riechende Schikane ausgedacht.

Doch waren Bergmüller und Hansen auch für die schwerwiegende Tat am Berg verantwortlich?

Für Bauunternehmer Hansen stand einiges auf dem Spiel. Seine augenblickliche finanzielle Lage war bekannt. Die Zahl seiner Aufträge hielt sich in Grenzen. Die einheimische Bevölkerung zog andere Firmen vor. Erstens zählte Hansen nicht zu den Alteingesessenen, zweitens war sein Geschäftsgebaren nicht unbedingt seriös: oft hielt er versprochene Fristen nicht ein, hatte er doch in finanzieller Hinsicht mit den Handwerksbetrieben seine Schwierigkeiten. Die tatsächlichen Kosten für seine Kunden überschritten dazu bei weitem seine Kostenvoranschläge. Im Augenblick musste er um jeden Auftrag kämpfen.

Auch privat stand es nicht zum Besten. Seine Frau hatte ihn vor drei Jahren verlassen. Für seine Tochter und seine beiden Söhne hatte er zu sorgen.

Vroni studierte in München Betriebswirtschaft, Hannes arbeitete mit in der Baufirma, die er einmal übernehmen sollte; doch Paul, der Jüngste, zeigte keinerlei Ambitionen, seinen Lebensunterhalt einmal selbst verdienen zu wollen. Die Schule hatte er abgebrochen und lag jetzt einfach nur seinem alten Herrn auf der Tasche. Mit seinem „Spezi" Vinzenz, dem Neffen der Kathi, war er schon letztes Jahr herumgezogen und sie hatten zusammen schon einiges auf dem Kerbholz. Nur der Fürsprache, besser gesagt, dem Geld seines Vaters hatte Paul es zu verdanken, dass seine

Delikte und die seines Freundes keine Jugendstrafen zur Folge hatten.

Doch würde Hansen so weit gehen, seinen Sohn dazu zu bringen, eine Straftat zu begehen, die nicht mit Geld zu bereinigen wäre.

Der Bauunternehmer selbst hatte den bewussten Samstag in München mit seiner Tochter verbracht, um ihr bei der Ausstattung ihrer neuen Wohnung mit Rat und Tat zur Seite zu stehen. Er konnte also ein Alibi vorweisen, denn er hatte zusammen mit Vroni in verschiedenen Einrichtungshäusern eingekauft. Dies hatte die Münchener Polizei recherchiert, die von der Staatsanwaltschaft Traunstein um Amtshilfe ersucht worden war.

Das waren die bekannten Fakten und die schon ermittelten Ergebnisse, die jedoch nicht unbedingt auf den Täter schließen ließen und nur der Anlass für Verdachte und Vermutungen waren. Hauptkommissar Wegscheider hatte damit gerechnet, dass dem Hotelier und dem Bauunternehmer keine direkte Beteiligung an dem versuchten Mord nachzuweisen war, dass sie sogar sehr wahrscheinlich mit dieser Tat überhaupt nichts zu tun hatten, wenn sie auch vermutlich den Stein ins Rollen gebracht hatten.

Die Marktgemeinde Schönau war in Aufruhr. Der Bürgermeister, den man um eine Stellungnahme gebeten hatte, war außer sich, zumal auch indirekt der Gemeinderat betroffen war, hatte er doch dem Antrag zur Baugenehmigung zugestimmt. Nur die Sonnbichlerin hatte dann fristgerecht ein Veto ausgesprochen.

„Während meiner ganzen Amtszeit ist eine solch infame Tat noch nicht vorgekommen", äußerte er sich aufgebracht.

In der Gerüchteküche kochte und brodelte es, denn Anlässe, jemanden zu verdächtigen, gab es genug.

Besonders an den Stammtischen in den Gasthäusern gab es kein anderes Thema mehr.

Vierter Akt – 3. Szene

In der Gerüchteküche am Berg

Endlich bin ich wieder an der Reihe. Ich hatte schon befürchtet, dass man auf meine Dienste verzichten würde, da sich die Polizei so intensiv um eine Aufklärung bemühte. Man trug mir vielleicht nach, dass ich - ein Kater - es gewesen war, der die ermittelnden Beamten auf die richtige Spur geführt hatte.

Nicht nur im Tal brodelte es in der Gerüchteküche, nein, auch in den Räumen der beiden Unterkunftshäuser ging es lautstark zur Sache. Wahre „Schauergeschichten" machten die Runde.

Die Einheimischen kamen zum Teil aus Neugierde herauf und heizten die Stimmung auf. Von den in die Geschichte verwickelten Personen kam dabei keiner gut weg, jeder von ihnen wurde verdächtigt.

So oder in ähnlicher Weise urteilten sie über ihre Nachbarn: - er hatte einen guten Grund - ihm trau ich nicht über den Weg - sie haben sich bei der Kathi eingeschmeichelt - sie waren nur auf ihren Vorteil bedacht - mit Geld kann man alles erreichen - sie haben dafür ihre Handlanger - jeder ist käuflich. - er hat sich sehr verdächtig verhalten – ich trau ihnen alles zu – .

Da es oft nicht bei einem Bier blieb, versuchte jeder den anderen an Lautstärke zu übertreffen, der Lärmpegel stieg dermaßen an, dass es für meine empfindlichen Ohren zu viel wurde und ich entsetzt die Flucht ergriff. Heli setzte dann in der Regel die ganze Bande kurzerhand an die Luft.

Man überbrachte uns aber auch seriöse Berichte über die Ermittlungen der Polizei, so dass wir immer bestens informiert waren.

Es hatte sich leider noch immer kein brauchbarer Hinweis ergeben, der eindeutig auf den Täter schließen ließ. Die einzige verwendbare Spur waren die Faserreste, die man unter Kathis Fingernägeln und am Latschengestrüpp an der Absturzstelle sichergestellt hatte; doch der zugehörige Walkjanker war und blieb verschwunden.

Hatte der Täter dieses Beweisstück entsorgt?

Wo musste ich suchen?

Auf allen Wegen, vor allem auf denen, die zum Stahlhaus, in Richtung Schneibstein und zur Sonnbichlalm führten, waren Leute unterwegs. Sie kamen, um die Absturzstelle zu begutachten, denn nichts interessiert die Menschen mehr als das Unglück anderer.

Und dann: das Außergewöhnliche, dass beispielsweise ich – Charlie, der Kater – der Polizei beide Male einen Schritt voraus gewesen war, ist für die Spezies Mensch anscheinend so faszinierend, dass sie in Scharen den Berg erstürmten. Sie belebten natürlich das Geschäft. Heli und Gottfried mussten zusätzliche Hilfskräfte engagieren, um den Ansturm zu bewältigen. Alle Schaulustigen mussten wieder ins Tal gebracht werden; deshalb wurden, was noch nie vorgekommen ist, an der Jennerbahn Tickets mit einer Zeitangabe für die Talfahrt ausgegeben, denn nur auf diese Weise konnte ein reibungsloser Abtransport gewährleistet werden.

Ich wurde mit kleinen Geschenken überhäuft. Das Katzenfutter – natürlich nur die exquisiten Sorten – mit dem man mich bedachte, wird bestimmt – ich übertreibe nicht – für ein Jahr ausreichen.

Am ersten Tag war es mir noch gelungen, die Besucher an der Nase herumzuführen, indem ich ihnen Poldi präsentierte und wenigstens eine Weile in Ruhe gelassen wurde.

Doch nachdem am nächsten Morgen unser beider Konterfei in den Medien abgebildet war, wurde klar, dass es nur einen Kater mit der Superspürnase geben konnte: mich, Charlie, den schwarzweißen Helden.

Poldi wurde zwar noch wegen seiner Schönheit bewundert und auch fotografiert, doch das Hauptinteresse konzentrierte sich auf mich.

Erst gegen Abend wurde es ruhiger; es konnte schließlich nur eine begrenzte Anzahl in den beiden Unterkunftshäusern übernachten. Die ganz Hartgesottenen schliefen allerdings draußen in Schlafsäcken, manche hatten sogar Zelte mitgebracht.

Belagerungszustand ! ! !

Heli und Gottfried hatten dann eine grandiose Idee, die mir die nötige Bewegungsfreiheit erlaubte. Sie sperrten am Abend die Wege, die zum Schneibstein und zur Sonnbichlalm führten, so dass ich ungestört auf Spurensuche gehen konnte.

Später wurde mir allerdings klar, dass sie die Sperren errichtet hatten, damit leichtsinnige Touristen sich nicht im Dunklen verstiegen und dann in der Nacht gerettet werden mussten. Ich muss einsehen, dass sich nicht immer alles um mich dreht; manchmal, aber nur manchmal, befinde ich mich nicht im Zentrum des Interesses.

Ich schnüffelte alle Wege ab. Ich „flehmte", das bedeutet, ich nahm mit halb geöffnetem Mäulchen den Duft auf, der von Gegenständen, in diesem Fall von Steinen, ausgeht. Menschlichen Spurensuchern bin ich deshalb überlegen, denn sie sind nur auf ihre Augen angewiesen.

Eine grobe Untersuchung der Duftspuren half jedoch kaum weiter, es waren in der Zwischenzeit zu viele Menschen unterwegs gewesen. Es war zwar mühsam, doch ich musste den Wegrand systematisch absuchen. Menschen müssen jeden Stein einzeln umdrehen; mir genügt das „Flehmen“.

12. Intermezzo

Bei Kathi im Krankenhaus

Kathi ging es am Mittwoch zusehends besser; sie konnte die Intensivstation verlassen, Besucher wurden allerdings streng von der Polizei überprüft, denn bis jetzt war noch nicht geklärt, wer ihren Sturz verursacht hatte. Man benachrichtigte die Kriminalpolizei, dass die Verletzte bedingt vernehmungsfähig sei.

Hauptkommissar Wegscheider machte sich mit Heinze auf den Weg, bevor er weitere Verdächtige überprüft hatte. Es könnte nämlich sein, dass sich nach Kathis Aussage die anderen Verhöre erübrigen würden.

Die Sonnbichlerin war noch schwach und stand unter dem Einfluss schmerzstillender Medikamente. Sie war jedoch ansprechbar und wusste, warum die Kommissare sie befragen wollten.

„Meine Herren, ich muss sie leider enttäuschen", lautete ihre ernüchternde Aussage. „Was mir am Berg widerfahren ist, daran kann ich mich überhaupt nicht erinnern."

Sie wusste zwar, dass sie sich am Freitag zur Almhütte aufgemacht hatte, dass Heli sie im Auto mitgenommen hatte und dass sie in der Nacht nicht zur Ruhe gekommen war; die Ereignisse hatten sie emotional zu sehr belastet.

Doch wieso sie unterwegs zum Schneibstein gewesen war und dann, wie man ihr erzählt hatte, über eine Felskante gestoßen wurde, das war aus ihrer Erinnerung gelöscht.

„Ich weiß weder, warum ich aufgestiegen bin, noch wann ich aufgebrochen bin.“

Auf die Frage, wer ihr begegnet sei, kam die Antwort: „Daran kann ich mich auch nicht erinnern.“

Da sich Kathi zu sehr aufregte, mussten Heinze und Wegscheider die Befragung abbrechen. Sie bedankten sich bei der Bäuerin, wünschten ihr gute Besserung und verabschiedeten sich.

Wegscheider meinte auf der Fahrt nach Berchtesgaden: „Hoffentlich ist ihr Erinnerungsvermögen bald wieder hergestellt!“

„Ja“, pflichtete Heinze bei, „das würde die Aufklärung wesentlich beschleunigen.“

So mussten sie in der Schönau weitere Nachforschungen anstellen.

13. Intermezzo

Ermittlungen im Wirtshaus

Hauptkommissar Wegscheider und sein Kollege Kommissar Leineweber teilten sich inzwischen bei Franzis Eltern eine Ferienwohnung. Clarissa hatte schon am Montag erfahren, dass eine Familie mit zwei Kindern ihre Reisebuchung aus familiären Gründen storniert hatte und so bot sie den beiden Kriminalbeamten an, für die Dauer der Nachforschungen, bei ihr zu wohnen.

Die beiden Ermittler nahmen dankbar an, war es ihnen doch ziemlich lästig geworden, dauernd zwischen Traunstein und der Schönau hin- und herzufahren. Wenn man außerdem vor Ort wohnt und einigermaßen zwanglos mit den Leuten reden kann, erfährt man eher etwas über verdächtige Personen.

So beschlossen die beiden Kriminalbeamten, nachdem sie von Kathi keine brauchbaren Hinweise erhalten konnten, gleich am Mittwoch ihr Abendessen im Gasthaus Waldhauser einzunehmen, denn sie hatten erfahren, dass die Bauern mittwochs dort zum Stammtisch zusammenkommen.

Doch zuvor suchten sie noch das Achenstüberl auf. Dort waren Vinzenz und Paul oft schon am Vormittag anzutreffen. Der Wirt und auch die anderen Stammgäste hatten einiges zu erzählen.

„Nachdem auf dem Sonnbichlerhof die Scheune abgebrannt war, hatten die beiden Spezis nach einigen Bieren sich damit gebrüstet: „Das war erst der Anfang! Die Alte wird noch Augen machen...!“

Dann hatten sie angefangen zu grölen, zu randalieren und sind gegenüber ihren Kumpanen handgreiflich geworden.

„Ich habe sie vor die Tür gesetzt und ihnen vorläufig Hausverbot erteilt“, wusste der Wirt zu berichten.

Alle waren bereit, ihre Aussagen auf dem Revier zu Protokoll zu geben.

Wegscheider bestellte sie für den nächsten Morgen zur Polizeiinspektion nach Berchtesgaden.

Dann hatten die beiden Kommissare noch erfahren, dass Vinzenz sich augenblicklich im Haus des Bauunternehmers Hansen aufhielt.

Die Wohnung in München hatte er wohl aus finanziellen Gründen räumen müssen und als Wohnsitz den Sonnbichlhof angegeben. Die Kathi hatte ihn aber nicht auf dem Hof haben wollen und so war er bei Paul untergekommen.

Der Besuch des Achenstüberls war sehr informativ gewesen. Wegscheider und Leineweber begaben sich sofort zum Anwesen des Bauunternehmers Hansen, trafen die beiden Freunde sogar an und bestellten auch sie für den nächsten Morgen auf das Polizeirevier.

Das Abendessen in der Gaststätte Waldhauser konnte als Erfolg verbucht werden. Die Bauern am Stammtisch waren zuerst misstrauisch, denn sie hatten durch ihre „Jaucheaktion“ der Sonnbichlerin erheblichen Schaden zugefügt. Diese Tat war ihnen nachgewiesen worden und sie hatten auch dafür zahlen müssen.

Doch von allen anderen Vorkommnissen distanzierten sie sich vehement.

„Fragt doch im Achenstüberl nach! Dort weiß man sehr wahrscheinlich mehr.“ Doch in diesem Wirtshaus hatte man ja schon recherchiert.

Über Sophie und Anton wusste der Waldhauserwirt nur Positives zu berichten. Er beschrieb sie als anständige, arbeitsame freundliche Leute, die überall gerne gesehen waren.

„Sie haben der Kathi bestimmt nichts angetan. Zu einem solch infamen Verbrechen sind sie nicht fähig“, waren seine Worte.

Der Waldhauserwirt sollte dann am nächsten Tag seine Aussage zu Protokoll geben. Die Bauern wurden auch vorgeladen, um nach ihren Alibis befragt zu werden.

„Abwarten“, war die weitere Devise der Ermittler, „und hoffen, dass Kathis Erinnerung wiederkehren möge.“

Vierter Akt – 4. Szene

Charlie, der Spurensucher

Jeden Tag berichtete man uns auf dem Jenner vom Fortschritt der Ermittlungen in der Schönau. Da die beiden Traunsteiner Kommissare bei Franzis Eltern ihr Quartier aufgeschlagen hatten, hielt Clarissa meine Leute telefonisch auf dem Laufenden. Auch über Kathis Gesundheitszustand und über ihr fehlendes Erinnerungsvermögen waren wir informiert.

Meine Stimmung näherte sich am Donnerstag einem Tiefpunkt: ich war noch nicht zu einem Ergebnis gekommen, denn meine Spurensuche erwies sich als besonders mühsam, zumal ich meine Ermittlungen nur in den frühen Abendstunden durchführen konnte. Gut, dass die Wetterlage beständig war; Regen hätte meine Arbeit nur erschwert, wenn nicht ganz unmöglich gemacht. Wenn meine Bemühungen nicht bald zu einem Erfolg führen würden...

Niemand von meinen Leuten hatte im Augenblick Zeit für mich; die vielen fremden Menschen liebten mich ja nicht wirklich, ich war für sie nur eine Sensation, weiter nichts. Meine Laune verschlechterte sich zusehends, ich wurde missmutig, lustlos, jagte keine Mäuse, war auch nicht hinter Poldi her...

Kurz nach dem Mittagessen – ich hatte mich anschließend meiner Körperpflege gewidmet – bekannte Stimmen: „Hallo, lieber, lieber Charlie!"

Franzi ! – Nico ! Ach, wie habe ich sie vermisst!

„Wir mussten unbedingt hinauf! In der Schönau, da war es so fad! Wir haben immer wieder gebeten und die Eltern total genervt."

„Und jetzt sind sie hier!"

Das waren die Stimmen von Nicos Eltern.

Gut, dass meine beiden Freunde erwachsene Begleitung hatten! Irmgard und Heli mussten dem Ansturm der Gäste Herr werden. Ich selbst fühle mich überfordert, wenn ich immer auf die zwei aufpassen muss. Es ist ja bekannt, was geschieht, wenn ich meiner Aufsichtspflicht nicht nachkommen kann.

Amelie und Viktor begaben sich gleich zu Irmgard und Heli in die Küche. „Ihr könnt bestimmt Hilfe gebrauchen!"

Dieses Angebot wurde nur zu gerne angenommen – und so gingen Nicos Eltern den Hüttenwirten in der Küche zur Hand.

Die Kinder indessen, die kümmerten sich um mich; ich nahm dankbar ihre Liebesbeweise an, ließ mich streicheln, drücken, knuddeln. Ich schnurrte vor Behagen. Endlich war wieder jemand nur für mich da.

Vielleicht könnten die beiden mir bei der Spurensuche behilflich sein oder mich wenigstens begleiten.

Ich musste meinen beiden Freunden signalisieren, dass sie mit mir nach draußen kommen sollten. Deshalb strich ich zuerst um ihre Beine und lief dann zur Tür. Sie verstanden sofort.

Nico rannte in die Küche. „Dürfen wir mit Charlie nach draußen?“, fragte er.

Amelie hatte Bedenken. „Ich weiß nicht“, meinte sie.

Enttäuschung bei Nico: „Ach, bitte!“

„Lass sie doch!“, lenkte Victor ein. „Wir müssen ihnen doch ihre Freiheit lassen und sie nicht dauernd am Gängelband führen.“

„Wenn du meinst...“

Amelie war einverstanden.

„Hurra!“ Nico sauste hinaus zu mir und Franzi.

Und schon waren wir unterwegs – ich voran mit den Kindern im Schlepptau – Richtung Schneibstein.

Aber mitten im Lauf hielt ich abrupt inne. Die Menschen, die sich bestimmt schon auf den Weg gemacht hatten, weil sie immer noch auf eine Sensation aus waren, würden, sobald sie mich entdeckt hätten, unsere Suchaktion stören. Was tun?

Doch dann kam mir eine glorreiche Idee. Es gab doch das rotweiße Band, mit dem Heli an den Abenden zuvor den Weg zum Schneibstein gesperrt hatte und auch das Schild „Durchgang aus Sicherheitsgründen nicht gestattet!“ Er hatte beides im Keller deponiert.

Ich dort hin – die Kinder mir nach.

„Charlie, du bist der klügste Kater, den es gibt! Wir sperren ganz einfach den Weg. So kann uns niemand stören.“

Die beiden Freunde passten auf; niemand durfte uns beobachten.

Als die Luft rein war, machten wir uns vorsichtig auf in Richtung Schneibstein. Franzi hatte mich auf den Arm genommen und unter ihrer Windjacke versteckt – man verfolgte mich immer noch auf Schritt und Tritt – Nico hatte Band und Schild dabei. Die Gesichter der Kinder waren den Leuten noch nicht bekannt, denn Fotos der beiden waren aus guten Gründen nicht veröffentlicht worden. So gelangten wir unbehelligt zu unserem Ausgangspunkt. Ich sprang von Franzis Arm und duckte mich gleich hinter einen großen Stein. Nico zog das Band durch die beiden Löcher des Schildes und befestigte es beidseitig am Latschengebüsch.

Nachdem wir unser Werk begutachtet und bewundert hatten, konnten wir gemeinsam die von mir angefangene Spurensuche fortsetzen.

Nun war es für mich einfacher geworden. Ich brauchte nur zu flehmen. Wenn mir zum Beispiel der Duft an einem Stein verdächtig vorkam, miaute ich kurz und eines der Kinder drehte den Stein um. Es war ein mühsames Unterfangen und uns war bis zum späten Nachmittag kein Erfolg beschieden.

„Ich bin hungrig und durstig, ich mag nicht mehr", jammerte Franzi.

Und Nico meinte: „Ich habe auch keine Lust mehr."

Erstaunt schaute ich meine Freunde an. Wollten sie schon aufgeben?

„Ja, für heute ist es genug. Suchen wir doch morgen früh weiter."

Morgen früh? Die wollten über Nacht bleiben? Damit hatte ich gar nicht gerechnet.

Trotz unseres Misserfolgs nahm der Tag noch ein gutes Ende. Die Kinder würden sich den ganzen Abend bis zur Schlafenszeit mit mir beschäftigen. Wie erfreulich!

Nico entfernte schnell die Absperrung und legte Band und Schild wieder in den Keller zurück. Wenn Heli sie am Abend anbringen würde, musste er alles wieder an Ort und Stelle vorfinden. Niemand hatte uns bei unserer „Absperraktion" beobachtet.

Nur ein paar Bergsteiger drückten beim Abendessen ihre Verwunderung darüber aus, dass es ihnen nicht vergönnt gewesen war, am Nachmittag den Gipfel des Schneibsteins zu besteigen. Franzi und Nico hätten sie aufklären können, hielten aber wohlweißlich den Mund. Es wäre ihnen sonst vielleicht nicht mehr erlaubt worden, mit mir auf Spurensuche zu gehen.

Auch von Seiten der Kriminalpolizei gab es an diesem Abend keine brauchbaren Hinweise. Und Kathi konnte sich laut der Auskunft von Dr. Flasche immer noch nicht daran erinnern, was auf dem Weg zum Schneibstein geschehen war.

Weg zum Schneibstein

Fünfter Akt – 1. Szene
Ein genialer Einfall

Am Abend saßen wir wie früher in dem kleinen Raum neben der Küche zusammen. Irmgard und Heli, unser ständiger Mitarbeiter Sami, die zwei Aushilfskräfte, dann Amelie, Victor, Franzi, Nico und natürlich ich, Charlie mit der Superspürnase.

Wir aber hatten noch einiges für den nächsten Morgen vorzubereiten. Auf dem normalen Anstieg bis zur Absturzstelle war von uns keine brauchbaren Spuren gefunden worden und so hatten wir in der Zeit bis zum Abendessen unser weiteres Vorgehen, bei dem ich eine wichtige Rolle spielen sollte, überdacht. Mein Part, so stellte sich heraus, war nicht ganz ungefährlich.

Von Nico stammte der geniale Plan, den er uns erläuterte: „Ihr wisst doch, dass Kathi bei ihrem Sturz auf einem mit Gras bewachsenen Vorsprung aufgekommen ist."

Mit Schaudern dachte ich an die Nacht zurück, als man dank meiner Hilfe die Sonnbichlerin hatte bergen können. Ich hatte zwar die bewusste Stelle gefunden, mich aber anschließend nicht getraut, über die Felskante zu schauen.

Nico führte weiter aus: „Ich glaube, die Spurensicherung der Polizei hat diese Stelle nicht genau untersucht. Kathi war über die Felskante gestoßen worden und ist dann auf diesem Vorsprung zu liegen gekommen. Dort unten war sie dann allein, bis die Bergrettung sie geborgen hat. Diese Stelle wurde sehr wahrscheinlich nicht genau untersucht."

Ich schaute Nico fragend an, als ob ich sagen wollte: „Wer soll denn da hinunter?"

Eine Ahnung überkam mich: „Doch nicht ich?" Ich kann zwar auf Bäume klettern, doch an einer steilen Wand bin ich hilflos. Nein, mit mir könnt ihr nicht rechnen.

Es war, als ob meine Freunde mich genau verstanden hätten; Franzi versuchte mich zu beruhigen: „Charlie, sei unbesorgt! Wir sichern dich. Wir lassen dich wie einen Bergsteiger an einem Seil hinunter."

„Nein, nicht mit mir!"

Nico erklärte weiter: „Pass auf, Charlie! Wir legen dir einen Gurt an, an dem wir mit einem Karabiner ein Seil befestigen. Ich habe vorhin unten im Keller ein Hundegeschirr gefunden, das dir passen könnte."

Ungläubig und hilfesuchend schaute ich mich nach Franzi um.

Doch sie bestätigte Nicos Idee: „Das ist kein Halsband, das dich erwürgen könnte. Das Geschirr geht um deine Vorderbeine und um deinen Bauch; dir kann nichts geschehen."

Und Nico ergänzte: „Mein Vater hat mir beigebracht, wie man Knoten knüpft; das Seil wird sich nicht vom Karabiner lösen können."

Franzi nickte: „Du brauchst keine Angst zu haben! Wir machen nach dem Abendessen eine Probe. Nico hat schon alles oben in unserem Zimmer unter seinem Bett versteckt."

Mir war nicht besonders wohl zumute: ich, eine Katze, mit einem Klettergurt, der vormals ein **Hunde**geschirr gewesen war.

Franzi und ich bekamen von Nico noch genau erklärt, wie wir uns verhalten sollten: auf sein Zeichen hin sollten wir demonstrativ gähnen und uns für die Nacht verabschieden.

Und wir hatten ja auch dann seine Anweisungen befolgt.

Ich war nun doch auf das „Procedere", das heißt auf die Vorgehensweise, gespannt. (Ich liebe diese lateinischen Ausdrücke, sie bezeugen einen gewissen Grad an Bildung.)

Als wir im Zimmer waren, wurde mir das Geschirr angelegt. Es roch zwar nach Hund – igitt – passte aber wie für mich gemacht. Nico befestigte eine Schlinge am Schraubkarabiner und dann das Seil mit einem Achterknoten an der Schlinge. Den Schraubkarabiner hängte er in das Hundegeschirr ein.

„Jetzt probieren wir die Sache aus!", verkündete er.

Ich fühlte mich nicht besonders gut, doch in der Schlafkammer war ich ja wirklich sicher.

Nico kletterte auf das obere Bett und zog mich am Seil zu sich hinauf.

Es funktionierte, obwohl ich mit den Beinen zappelte und mit dem Schwanz ruderte.

Dann ließ er mich langsam und vorsichtig wieder hinab auf den Boden.

„Du darfst nur nicht so wild strampeln", unterwies mich Franzi.

Hier im Zimmer war alles gut gegangen, aber die Entfernung vom Boden bis zum oberen Bett beträgt noch nicht einmal zwei Meter.

Doch draußen in der Wirklichkeit, da sind es ungefähr fünf Meter. Das war etwas anderes, das würde bestimmt gefährlich werden.

Und ob ich überhaupt etwas finden würde?

Franzi und Nico spürten meine Unsicherheit. Sie prüften noch einmal das Geschirr; sie schauten nach, ob die Riemen noch intakt waren.

„Charlie, die Riemen werden die Belastung mit deinem Gewicht aushalten", versicherte Nico.

Franzi drängte: „Es ist gleich 22 Uhr. Gehen wir lieber zu Bett. Deine Eltern werden auch gleich kommen. Sie dürfen nichts merken."

Hastig zogen sie mir das ganze Geschirr mit dem Seil aus und schoben es unters Bett.

Nico kletterte nach oben und ich schlüpfte zu Franzi. Amelie und Victor ließen auch nicht mehr lange auf sich warten und bald schliefen wir fünf tief und fest.

14. Intermezzo

Bei Kathi im Krankenhaus

Kathis Gesundheitszustand verbesserte sich zusehends, so dass Dr. Flasche den ermittelnden Beamten grünes Licht geben konnte. Eine partielle Amnesie der Verletzten schien zwar immer noch vorhanden zu sein, doch der Arzt und die Kriminalbeamten hofften, dass man die Gedächtnisblockade durch eine gezielte Befragung würde durchbrechen können. Dieses Mal waren Heinze und Wegscheider gekommen, während Leineweber noch vor Ort Nachforschungen anstellte.

Kathi war sehr bemüht, das Geschehen zu rekonstruieren. Einzelne Bilder tauchten auf, der richtige Zusammenhang fehlte noch.

„Ich sehe einen Mann; ich glaube ich kenne ihn. Er will etwas von mir. Ein zweiter Mann ist auch noch da. Ich weiß nicht, wer er ist. Jetzt verschwimmt alles wieder. Ich sehe die Alm. Nein, jetzt ist es das Schneibsteinhaus."

Mehr wusste die Sonnbichler Kathi nicht zu erzählen. Alles war noch unklar. Wie sehr sie sich auch bemühte, sie konnte die einzelnen Bilder nicht deuten, konnte sie nicht miteinander in Verbindung bringen. Es waren bisher nur Fetzen der Erinnerung.

Doch Dr. Flasche machte den beiden Kriminalbeamten Hoffnung: „Wir sind auf dem richtigen Weg. Es fehlt nicht mehr viel. Eine winzige Sache, ein Gegenstand, eine richtige Frage – und die Blockade ist gelöst."

Heinze und Wegscheider kehrten zur Polizeiinspektion Berchtesgaden zurück.

Leineweber erwartete sie schon, denn er hatte einiges ermittelt. Den oder besser gesagt, die Täter, hatte er noch nicht dingfest machen können. Auf Grund seiner Überprüfungen konnte man aber einige Personen ausschließen.

Hotelier Bergmüller und Bauunternehmer Hansen hatten, wie vorauszusehen war, ein wasserdichtes Alibi. Auch die Bauern, die ihre Grundstücke verkaufen wollten, konnten nachweisen, dass sie nicht auf dem Jenner gewesen waren, alle, bis auf den Mühlbauer Schorsch. Er habe seine Tante und seinen Onkel in Ruhpolding besuchen wollen und sei am Samstag in der Frühe losgefahren. Unterwegs sei ihm dann eingefallen, dass die beiden das Wochenende in München verbringen wollten. Deshalb sei er wieder umgekehrt.

Die Recherchen von Kommissar Leineweber hatten allerdings ergeben, dass Onkel und Tante einen Bergausflug auf den Rauschberg unternommen hatten. Als er den Mühlbauer mit dieser Tatsache konfrontiert hatte, meinte der nur: „Dann habe ich mich wohl geirrt oder die beiden haben einfach umdisponiert."

Der Mühlbauer Schorsch zählte also immer noch zum Kreis der Verdächtigen.

Auch Sophie und Anton, sowie die Freunde Vinzenz und Paul besaßen kein einwandfreies Alibi.

Einzig Kathi kannte die oder den Täter, doch sie litt ja, was den Tathergang anbetraf, an einer partiellen Amnesie.

Absichtlich gab es keine offizielle Erklärung über ihren Gesundheitszustand; man wollte sie keiner unnötigen Gefahr aussetzen.

Fünfter Akt – 2. Szene
Kletterkurs für Charlie

Noch vor Nicos Eltern waren wir am nächsten Morgen auf den Beinen. Die Kinder zogen sich leise an, dann ging es zum Frühstück.

„Ihr seid heute aber früh dran“, begrüßten uns ~~Gertrud~~ und Heli erstaunt. [Irmgard]

Ich brachte kaum einen Bissen hinunter, während Franzi und Nico sich ausgiebig stärkten. Für die beiden war die bevorstehende Aktion ja auch nicht so gefährlich wie für mich.

Ich erledigte mein übliches Geschäft und widmete mich noch kurz der morgendlichen Fellpflege. Nicos Eltern erschienen bald darauf zum Frühstück, so dass die Kinder in der Zwischenzeit unbemerkt ihre Vorbereitungen treffen konnten.

Nach einer Weile öffneten sie nur kurz die Tür zur Gaststube.

„Wir wollen noch mit Charlie hinaus!“, ließ Nico hören und schon liefen wir die Treppe hinunter in den Keller, bevor die Erwachsenen unnötige Fragen stellen konnten.

Die beiden hatten schon alles bereitgelegt: das Hundegeschirr, die Schlinge mit dem Karabiner, das Seil und dazu noch einen Henkelkorb mit einem zweiten Seil.

Die Idee mit dem Korb und dem zusätzlichen Seil hatte Franzi gehabt.

„Charlie, du hast ja kein Gewand mit Taschen und in deinem Mäulchen kannst du auch nichts transportieren, wenn du etwas gefunden hast“, erklärte sie mir.

Keine Wanderer waren unterwegs; der Weg, der zum Schneibstein führte, war ja noch von Heli gesperrt. Trotzdem, wir mussten uns beeilen; neugierige Zuschauer konnten wir nämlich nicht brauchen.

Bald hatten wir die Absturzstelle erreicht.

Ich muss gestehen, mir war flau im Magen. Gut, dass Poldi nicht in der Nähe war: Einen Charlie, der sichtlich schwächelte, diesen Anblick wollte ich ihm nicht bieten.

Aber es musste ja sein! Zum einem sollte der Übeltäter gefasst werden, zum anderen musste ich meinem Ruf als Superspürnase gerecht werden.

Während Nico alle Vorbereitungen traf, streichelte mich Franzi und redete beruhigend auf mich ein: „Hör zu, Charlie! Dir kann gar nichts geschehen! Wir setzen dich doch keiner unnötigen Gefahr aus.“

Dann streiften die beiden mir vorsichtig das Hundegeschirr mit der Schlinge über, schnallten es fest und überprüften sorgfältig den sicheren Sitz. Nico hängte den Karabiner mit dem angeknüpften Seil ein.

Als erstes ließ das Mädchen vorsichtig den Korb bis zu dem Felsvorsprung, auf dem man Kathi gefunden hatte, hinabgleiten; das lose Ende des Seils schlang sie anschließend um den Ast eines Latschenkiefernbusches.

Wie ein erfahrener Bergsteiger stand Nico da und sicherte mich. Franzi legte sich auf den Boden, schaute über die Felskante um alles genau zu beobachten und griff ihrerseits auch nach dem Seil.

Das gefährliche Abenteuer konnte beginnen.

Das Mädchen schob mich ganz sachte über den Rand. Meine Hinterbeine hingen schon über dem Abgrund. „Nicht nach unten sehen, Charlie, blick mir ins Gesicht!"

Meine Vorderpfoten rutschten am Felsen entlang und dann ging es in die Tiefe. Franzi ließ das Seil langsam durch ihre Hände gleiten und gab ihrem Vetter die Kommandos, denn er konnte mich ja nicht sehen.

Sie rief: „Nachlassen!" und „Stopp!" oder „Gib mehr Seil!"

Die Seilfahrt nach unten wollte kein Ende nehmen. Manchmal kam ich ganz nahe hin zum Felsen.

Franzi rief: „Drück dich mit den Pfoten ab!"

Endlich kam es erlösend von oben: „Charlie, du hast es gleich geschafft!"

Schon spürte ich Boden unter den Hinterpfoten, dann war ich mit allen Vieren gelandet, gleich neben dem Henkelkorb. Erleichtert atmete ich tief durch, langsam beruhigten sich meine angespannten Nerven und ich konnte wieder einigermaßen klar denken. Vorsichtig wollte ich ein paar Schritte wagen, doch das Seil, das mich mit den Kindern verband, war straff gespannt, so dass meine Bewegungen ruckartig abgebremst wurden. Franzi gab mir sofort mehr Seil und ich konnte mit der Suche nach eventuellen Spuren beginnen.

Ich war so mit meiner Aufgabe beschäftigt, dass ich sogar vergaß, dass mein Aktionsradius nicht sehr groß war und schon ... trat ich mich mit einer Pfote ins Leere. „Gib acht!“, hörte ich die Stimme meiner kleinen Freundin, die gut aufgepasst hatte und sofort das Seil anzog. Das war noch einmal gut gegangen!

Und dann machte ich wirklich die alles entscheidende Entdeckung. Zuerst hatte ich dieses rundliche Etwas für einen Stein gehalten; doch nachdem ich ausgiebig geflehmt und mir den Gegenstand genauer angesehen hatte, entpuppte er sich als ein Knopf. Ich drehte ihn mit den Pfoten hin und her. Es war ein Hirschhornknopf, wie er sich gewöhnlich an Trachtenjacken und Trachtenwesten befindet. Er war nicht zufällig abgegangen, nein, er musste aus einer Jacke herausgerissen worden sein, denn er hing noch an einem Tuchfetzen. Sofort entstand vor meinen Augen ein Bild, das Bild eines Mannes, der einen grauen Walkjanker getragen hatte. Wo hatte ich ihn nur gesehen? So sehr ich mich bemühte, ich konnte mich im Augenblick nicht daran erinnern.

Ich packte den Knopf mit dem Mäulchen und beförderte ihn in den Korb.

„Nico, ich glaube, Charlie hat etwas gefunden", hörte ich Franzi rufen. Und schon sah ich den Korb nach oben schweben.

Gleich darauf ertönte wieder die Stimme des Mädchens: „Charlie, halte dich bereit! Ich ziehe dich wieder hinauf!"

In der Aufregung, die der Fund bei mir ausgelöst hatte, war mir gar nicht bewusst gewesen, dass ich meine bergsteigerischen Fähigkeiten wieder unter Beweis stellen musste. War es die Freude über meine Entdeckung oder hatte ich mich an meine neue Bewegungsart gewöhnt, der „Aufstieg" kam mir nicht mehr so gefährlich vor. Trotzdem war ich froh, als ich wieder festen Boden unter den Pfoten hatte. Die Kinder drückten mich ganz fest und befreiten mich sofort von dem unbequemen Klettergeschirr.

Wieder wurde ich gelobt, gestreichelt und unterm Kinn gekrault.

„Charlie, niemand ist so mutig wie du. Wir sind stolz auf dich!"

Solche Reden ließen die ausgestandene Angst glatt vergessen.

Nico begutachtete meinen Fund.

„Diesen Knopf, den hat Kathi bestimmt dem Täter abgerissen", sagte er zu seiner Cousine.

Franzi stimmte zu: „Ja, unter ihren Fingernägeln hat man doch Faserreste gefunden."

„Jetzt müssen wir nur noch die passende Jacke und ihren Träger suchen."

„Sollten wir das nicht lieber der Kriminalpolizei überlasen?", meinte das Mädchen.

„Wir könnten aber auch alleine den Fall lösen. Bis jetzt waren wir mit Charlies Hilfe der Polizei immer einen Schritt voraus gewesen."

Doch Franzi reagierte nicht auf Nicos Einwand. Aufgeregt deutete sie nach unten. „Da kommt jemand den Weg hinauf. Was sollen wir tun?"

Nico redete beruhigend auf das Mädchen ein: „Das ist bestimmt nur ein Wanderer."

„Aber Heli hat den Weg doch gesperrt."

„Gut", meinte Nico. „Wir verstecken alles vorsichtshalber."

In Windeseile waren alle Utensilien hinter dem Latschenkiefernbusch verstaut. Den Knopf wickelte der Junge in ein Papiertaschentuch und ließ das Päckchen in seiner Hosentasche verschwinden. Mich nahm Franzi auf den Arm.

Der Mann näherte sich uns mit schnellen Schritten. Er war seltsam angezogen: Er trug enge schwarze Hosen aus Leder und eine Jacke aus dem gleichen Material. So gehen Wanderer doch nicht auf den Berg.

Irgendwie kam er mir bekannt vor; ich hatte ihn bestimmt schon einmal gesehen. Aber wo?

Jetzt stand er vor uns. Das war doch...

Und dann fuhr er die Kinder an: „Was habt ihr hier zu suchen? Der Weg ist doch gesperrt!"

Diese Stimme ! ! !

Aber meine beiden Freunde waren nicht auf den Mund gefallen.

„Das gilt aber auch für Sie!", ließ sich Nico vernehmen.

Aber dieser Mann ging nicht auf seinen Einwand ein: „Ihr frechen Fratzen! Macht dass ihr fort kommt! Aber schnell!"

Mir fiel es plötzlich wie Schuppen von den Augen. Ich hatte ihn schon einmal gesehen. Deutlich sah ich ihn vor mir, den „Katzenhasser" von der Sonnbichlalm!

Trug er damals nicht einen grauen gewalkten Janker? Natürlich! Ich konnte mich genau erinnern.

Wütend fauchte ich ihn an und schlug mit den Pfoten nach ihm.

„Verdammtes Katzenvieh!", schrie er mich an.

Ich zitterte am ganzen Leib. Franzi streichelte mich

und redete beruhigend auf mich ein: „Charlie, was hast du auf einmal? Was ist los mit dir?“

Und Nico seinerseits blaffte den Mann an: „Lassen sie unseren Charlie in Ruhe!“

„Soso, das ist also Charlie, der Wunderkater! Macht nur, dass ihr ihn zum Stahlhaus bringt und lasst euch hier oben nicht mehr blicken, sonst sind die Tage des lieben Tierchens gezählt!“

Franzi standen die Tränen in den Augen. Sie drückte mich ganz fest an sich und begann den Abstieg. Nico schaute sich noch einmal um; er wollte sich bestimmt vergewissern, ob unsere Sachen gut versteckt hinter dem Latschenkiefernbusch lagen. Wir mussten alles zurücklassen. Zögernd machte sich nun auch der Junge auf den Rückweg und hatte uns gleich eingeholt.

„Kennst du diesen Mann?“, fragte er seine Cousine.

Sie überlegte: „Ich glaube, ich habe ihn schon einmal in der Schönau gesehen. Er hatte etwas mit Kathi zu tun gehabt, aber genau kann ich mich nicht daran erinnern.“

Hätte ich nur sprechen können, ich hätte von der Begegnung an der Sonnbichlalm erzählen können.

Bevor wir das Stahlhaus erreicht hatten, legten die Kinder eine Pause ein und setzten sich auf zwei große Steine. Sie diskutierten über die weitere Vorgehensweise. Nico führte das Wort.

„Charlie hat den Knopf gefunden, den Kathi augenscheinlich aus der Jacke des Täters gerissen hat. Dieser Mann, der uns begegnet ist, hat sich höchst verdächtig gemacht, vor allem weil er zu unserem Kater so gemein war. Charlie hat anscheinend schon ein schlimmes Erlebnis mit ihm gehabt, sonst hätte er ihn nicht so wütend angefaucht. Wir müssen unbedingt herausfinden wer er ist und was er auf dem Weg zum Schneibstein zu suchen hat."

Dann wandte er sich direkt an seine Cousine: „Du hast doch vorhin gemeint, ihn schon einmal bei Kathi gesehen zu haben?"

Franzi nickte: „Ich weiß aber nicht mehr, bei welcher Gelegenheit das gewesen ist."

Der Junge überlegte weiter: „Vielleicht schaut er nach, ob er Spuren hinterlassen hat, die ihn als Täter idento ..."

„Identifizieren heißt das!", wurde er von Franzi belehrt.

„... identifizieren können. Wenn er unsere Sachen findet, dann weiß er auf jeden Fall, dass wir auf Spurensuche waren", war Nicos Sorge.

„Und Charlie ist auch in Gefahr." Franzi drückte mich immer noch fest an sich. „Was sollen wir bloß tun?"

„Wir müssen erst einmal unseren Kater in Sicherheit bringen. Wer weiß, wozu dieser Kerl imstande ist!"

Und so machten wir uns auf den Weg zum Stahlhaus, Nico voran und Franzi mit mir auf dem Arm hinterher.

Ich muss gestehen, ich fühlte mich überhaupt nicht wohl, wenn ich an diesen „Katzenhasser" dachte. Jedenfalls beschloss ich, an diesem Tag keine Pfote mehr vor die Tür zu setzen.

Von Irmgard, Heli und von Nicos Eltern wurden wir schon erwartet. Sie waren nicht gut auf die beiden Kinder zu sprechen. „Was habt ihr euch eigentlich dabei gedacht, einfach zu verschwinden, ohne uns Bescheid zu geben, was ihr vorhabt?", polterte Nicos Vater und seine Mutter setzte im gleichen Tonfall fort: „Wo wart ihr so lange? Könnt ihr euch nicht denken, dass wir uns nach allem, was geschehen ist, Sorgen gemacht haben?"

„Und Charlie war auch noch mit", ließ sich Heli vernehmen.

Nur Irmgard bemerkte, wie verstört die beiden Freunde aussahen und griff vermittelnd ein: „Lasst die beiden doch erst einmal zur Ruhe kommen! Sie werden schon einen Grund gehabt haben."

Franzi und Nico versorgten sich mit Skiwasser und verzogen sich auf die Terrasse. Ich musste mich nach dem ausgestandenen Schrecken erst einmal erholen und vor allem stärken. Vor diesem gefährlichen Abenteuer hatte ich ja kaum etwas zu mir genommen. Mir war es zwar noch ziemlich flau im Magen, doch Irmgard hatte den Fressnapf mit meinem Lieblingsfutter gefüllt; da konnte ich natürlich nicht widerstehen. Der Appetit kommt ja bekanntlich mit dem Essen und ich ließ kein Krümchen übrig. Danach widmete ich mich noch der Fellpflege und rollte mich auf der Küchenbank zu einem wohl verdienten Schläfchen zusammen.

15. Intermezzo

Recherchen

Franzi und Nico waren nicht in der Stimmung, sich von den Erwachsenen ausfragen zu lassen. Nachdem sich Charlie zurückgezogen hatte, beschlossen sie, unnötigem Ärger aus dem Weg zu gehen. Sie wollten in Ruhe ihr weiteres Vorgehen planen. Von Irmgard ließen sie sich Skiwasser geben und...

„Wo wollt ihr denn jetzt schon wieder hin?“, hielt Nicos Vater sie auf.

„Ach, nur vors Haus“, entgegnete Franzi.

„Bleibt ja in der Nähe!“, ließ sich Amelie vernehmen.

Nico beschwichtigte seine Eltern: „Ja ja, wir laufen nicht weg. Versprochen!“

Die beiden Freunde zogen sich auf die Terrasse neben dem Haus zurück. Sie mussten zuerst einmal das Erlebte verarbeiten.

Zum einen konnten sie einen Erfolg verzeichnen. Dank Charlies Hilfe war es ihnen gelungen, ein wichtiges Beweisstück sicher zu stellen, den Knopf, den Kathi dem Täter sehr wahrscheinlich abgerissen hatte. Zum anderen war da diese seltsame Begegnung mit diesem Mann gewesen, die ihnen doch Angst eingejagt hatte.

Franzi, die sich noch nicht ganz gefangen hatte, meinte: „Sollen wir nicht den Erwachsenen alles erzählen? Ich glaube, es wird zu gefährlich für uns und auch für Charlie.“

Doch Nico gelang es, ihre Bedenken zu zerstreuen: „Wir müssen ihnen dann auch verraten, wie wir den Knopf gefunden haben. Ich glaube, wir handeln uns ziemlichen Ärger ein, wenn sie von der Abseilaktion erfahren.“

„Ja schon, aber...“

„Nein, wir versuchen, den Fall alleine zu lösen. Ich glaube, wir sind dem Täter ganz dicht auf den Fersen.“

Franzi ließ sich schließlich überreden, niemandem von ihren Ermittlungen zu erzählen.

Plötzlich zeigte Nico ganz aufgeregt auf den Weg, der zum Schneibstein führte: „Ich glaube, der Mann kommt zurück. Ich hole schnell Helis Feldstecher!“

Franzi bekam es mit der Angst zu tun: „Nein, Nico! Bleib hier! Lass mich nicht allein!“

Doch der Junge war schon im Haus verschwunden und kehrte blitzschnell mit dem Fernglas zurück.

„Hat dich jemand gesehen?“, wollte seine Cousine wissen.

„Nein! Alle waren beschäftigt“, bekam sie zur Antwort.

Nico beobachtete, wie der Mann den Pfad hinunterstürmte. Auch mit bloßem Auge konnte Franzi seinen Weg verfolgen.

„Kannst du ihn genau erkennen?“, wollte sie wissen.

„Ja, er ist es!"

„Hoffentlich kommt er nicht hier her!"

Doch Franzis Sorge war unbegründet. Der Bursche schlug zuerst den schmalen Steig zum Schneibsteinhaus ein und war dann bald Richtung Sonnbichlalm verschwunden. Weiter konnten sie ihn von hier aus nicht mehr beobachten.

„Er läuft bestimmt zu Sonnbichlalm. Wir müssen ihn unbedingt verfolgen."

„Aber wir haben doch versprochen ..."

Nico fiel seiner Cousine ins Wort: „Wollen wir den Fall lösen oder nicht?"

„... OK!" Franzi hatte nichts mehr dagegen einzuwenden.

Doch so schnell konnten sie nicht hinterher. Es durfte ja niemand merken, dass sie sich schon wieder als Detektive betätigten.

Glücklicherweise hatten sie ihre Bergschuhe im Keller ausgezogen. Die Kellerräume, wo sich auch Toiletten und Waschräume befinden, kann man auch von außen betreten. Niemand konnte es also verdächtig finden, wenn die beiden ganz offiziell diese Räumlichkeiten aufsuchten.

Nico hing sich noch das Fernglas um und dann ging es die Treppe hinunter zum Keller. Und während sie die festen Schuhe anzogen, bekamen sie unerwartet Besuch ... von Charlie.

Fünfter Akt – 3. Szene

Ein bewährtes Trio auf erneuter Spurensuche

Obwohl ich aus Sicherheitsgründen beschlossen hatte, an diesem Tag meine Pfoten nicht vor die Tür zu setzen, war mir dies aus hygienischen Gründen nicht möglich: ein dringendes Bedürfnis zwang mich nach meinem Schläfchen nach draußen. Vorsichtig schlich ich die Kellertreppe hinunter, hinaus vor die Tür, nach links unter die Endstation der Materialseilbahn und erledigte mein Geschäft. Als ich dann auf dem gleichen Weg wieder ins Haus wollte, traf ich im Keller auf meine beiden Freunde, die sich gerade die festen Schuhe anzogen. Waren die Kinder schon wieder dabei, sich erneut in Gefahr zu begeben?

Aber nicht mit mir. Für heute hatte ich schon genug Abenteuer erlebt.

„Charlie“, rief Nico, „du kommst uns gerade recht!“

Und Franzi ergänzte: „Mit deiner Spürnase kannst du uns behilflich sein.“

Ich machte ein paar Schritte rückwärts; damit wollte ich ausdrücken: „Ohne mich!“

„Aber Charlie!“, kam es von dem Jungen. „Wo ist denn dein Mut geblieben?“

Ich zögerte. Schließlich war ich auf Grund meines Mutes bekannt und berühmt geworden.

Franzi packte mich dann endgültig bei meiner Ehre. „Charlie, dein Spürsinn hat uns gerettet. Außerdem warst du es gewesen, der Kathi rechtzeitig gefunden hat. Du hast den Knopf entdeckt. Jetzt sind wir dem Täter auf der Spur. Wir werden ihn mit deiner Hilfe überführen."

Die Argumentation des Mädchens überzeugte mich. Meinem Ruf als Superspürnase musste ich gerecht werden.

Beide versicherten mir, dass sie gut auf mich aufpassen und mich vor diesem unberechenbaren Katzenhasser schützen würden.

Und so machten wir uns auf in Richtung Sonnbichlalm, also auf den Weg, den der Übeltäter sehr wahrscheinlich genommen hatte. Nico übernahm die Führung. Vorsichtshalber schlichen wir hinter dem Stahlhaus vorbei, damit uns von den Erwachsenen niemand bemerkte; wir schlugen auch nicht den direkten Weg zum Schneibsteinhaus ein, sondern begaben uns zuerst in Richtung Seilbahnstation. Als man uns vom Stahlhaus aus nicht mehr sehen konnte, erst dann ging es auf einem schmalen Pfad zum Schneibsteinhaus.

Poldi hatte uns schon lange im Visier, war bereit Fersengeld zu geben; aber zu seinem großen Erstaunen beachteten wir ihn nicht. Dass uns auch Gottfried und Christa durchs Fenster beobachteten, das konnten wir natürlich nicht wissen.

Von nun an war Vorsicht geboten, denn der Verdächtige konnte sich ja durchaus noch in der Nähe befinden. Nico und Franzi nutzten jeden großen Stein und jeden Busch als Deckung, ich dagegen brauchte mich nur zu ducken, während ich durchs hohe Gras schlich.

Schon war die Sonnbichlalm in Sichtweite. Wir verbargen uns erst einmal hinter einem großen Felsbrocken und konnten von unserem sicheren Versteck aus die Hütte im Auge behalten.

„Wie sollen wir jetzt vorgehen?“, wandte sich Franzi leise an ihren Vetter.

Der flüsterte zurück: „Wir müssen abwarten. Vielleicht ist dieser Mensch in der Hütte.“

Gut, dass Nico das Fernglas mitgenommen hatte, denn so konnte er alles noch genauer beobachten.

Plötzlich war von ihm ein kaum hörbares „Oh“ zu vernehmen.

„Was ist los?“ wollte Franzi aufgeregt wissen. „Hast du etwas entdeckt?“

„Ich glaube, direkt neben der Hütte blinkt etwas.“

Er gab seiner Cousine den Feldstecher. „Schau mal selbst!“

„Ja", bestätigte das Mädchen, „die Sonne scheint genau auf einen Spiegel". Sie richtete sich auf. „Wie es aussieht, gehört der Spiegel zu einem Motorrad."

„Zu einem Motorrad? – Wenn wir die Zulassungsnummer wüssten, dann könnten wir den Eigentümer feststellen lassen."

Doch die Nummer konnten sie natürlich nicht sehen.

Nicos Augen leuchteten. Das sollte ein Abenteuer werden, wie für ihn gemacht. – Er wird doch nicht...

Auch Franzi konnte seine Gedanken lesen: „Du kannst nicht näher heran! Das ist viel zu gefährlich."

Doch der Junge ließ sich nicht aufhalten. „Ich werde durch das Gras robben. Du passt auf! Wenn sich etwas bewegt, dann pfeifst du ganz laut wie ein Murmeltier. Das kannst du doch?"

Franzi konnte wirklich den Warnruf eines Murmeltiers täuschend echt imitieren. Da gerade hier viele von diesen Tieren ihren Bau hatten, würde ein schriller Pfiff nicht weiter auffallen.

Und Nico ging auf die Knie und kroch durch das Gras auf die Almhütte zu.

Das Mädchen nahm mich auf den Arm und drückte mich ganz fest. Ich konnte hören, wie ihr Herz pochte. Wir wagten beide kaum zu atmen.

Doch der Mann hatte sich nicht im Innern der Sonnbichlalm aufgehalten. Nico war noch nicht weit gekommen, da kam er hinter der Hütte hervor. Franzi setzte mich zu Boden und pfiff durch die Finger. Ich zuckte zusammen. Aber auch der Katzenhasser stutzte und schaute sich suchend um, winkte dann aber ab, betrat die Alm und schloss hinter sich die Tür.

Nico robbte weiter. Er war noch nicht dicht genug herangekommen, als die Hüttentür wieder aufging. Dieses Mal konnte sich das Mädchen die Warnung sparen, denn ihr Freund hatte sich sofort ganz flach auf den Boden geworfen.

Der Verdächtige kam heraus, schloss die Tür, sperrte ab, bestieg seine Maschine, startete den Motor und brauste los in Richtung Königstalalm. Im gleichen Augenblick sprang Nico auf, um das Nummernschild zu erkennen. Dann kam er zu uns zurück gerannt. Erleichtert atmeten wir auf.

Franzi meinte nur: „Wenn sich nun der Mann umgedreht hätte."

Nico lachte: „Der war zu sehr damit beschäftigt, sein Motocrossrad zu steuern, dass ein Blick nach hinten ihn bestimmt zu Fall gebracht hätte."

„Hast du dir das Kennzeichen gemerkt?", wollte das Mädchen wissen.

„Na klar! BGL – A 369. Leicht zu behalten! Wie im Dreier-Einmaleins."

Franzi musste über Nicos letzte Bemerkung lachen, was ich nicht so recht verstehen konnte. Was um Himmels willen ist ein Dreier-Einmaleins?

Nachdem sich der Unbekannte auf seiner Geländemaschine davongemacht hatte, schien es nicht mehr gefährlich für uns zu sein, die Sonnbichlalm aufzusuchen. Trotzdem waren wir sehr aufmerksam. Beim leisesten Motorengeräusch waren wir bereit, uns zu verstecken.

„Was hatte dieser Mann hier zu suchen?" fragte Franzi ihren Vetter. „Er muss sich hier auskennen. Er hatte ja sogar einen Schlüssel für die Hütte."

Ich hatte ihn hier das erste Mal getroffen. Schon damals besaß er diesen Schlüssel. Doch ich war von Natur aus nicht in der Lage, diese Tatsache den Kindern mitzuteilen.

Vorsichtig umrundeten wir die Almhütte. Die Eingangstür war verschlossen, doch die Tür zum Geräteschuppen war nur angelehnt.

Ist dort etwas versteckt worden? Wir machten uns auf die Suche nach verdächtigen Spuren.

Meine Spürnase führte mich zu einer Schaufel, an der noch feuchte Erdreste hafteten. Ich blieb davor sitzen und miaute, so dass die Kinder darauf aufmerksam wurden.

„Charlie hat etwas entdeckt", rief Franzi.

Sofort war auch Nico zur Stelle.

„An der Schaufel klebt frische Erde", stellte er fest. „Bestimmt hat dieser Mann vorhin etwas vergraben."

Alle Vorsicht vergessend stürmten wir hinaus, doch entdeckten wir hinter der Hütte auf den ersten Blick nichts Auffälliges. Aber dann fiel mir auf, dass an einer Stelle die Wiese ziemlich seltsam aussah, so als ob sie aus einzelnen kleinen Stücken bestand. Ich begann mit den Pfoten zu scharren und tatsächlich, die Wiesenstücke waren nur aufgelegt. Darunter kam frische Erde zum Vorschein. Nachdem auch die Kinder meine Entdeckung wahrgenommen hatten, wollte Nico die Schaufel holen, rannte zum Schuppen und ... stieß mit einem Mann zusammen.

Und hinter Franzi ertönte eine Stimme: „Was treibt ihr denn hier?“

In unserer Aufregung, dicht vor der entscheidenden Entdeckung zu stehen, war uns entgangen, dass sich zwei Männer genähert hatten. Die Stimmen kannte ich doch! – Sie gehörten zu Heli und zu Nicos Vater, die unser Verschwinden bemerkt haben mussten. Doch wie konnten sie wissen, wo sie uns zu suchen hatten?

Wir mussten uns zu Heli und Victor auf die Bank vor der Almhütte setzen. Ich zog es vor, mich auf Franzis Schoß niederzulassen. Dann erfuhren wir die ganze Geschichte.

Nicos Vater berichtete: „Als wir nach euch gerufen hatten und feststellen mussten, dass ihr drei schon wieder verschwunden wart, machten wir uns natürlich Sorgen. Von zwei Wanderern, die auf der Terrasse saßen, erfuhren wir, dass ihnen ein seltsames Dreiergespann, bestehend aus einem Jungen, einem Mädchen und einer schwarzweißen Katze, aufgefallen war. Sie seien auf einen schmalen Pfad zum Schneibsteinhaus abgestiegen. Dieser Begegnung hätten sie zuerst keine große Bedeutung beigemessen, doch als sie jetzt unsere besorgte Suche mitbekommen hätten, seien sie sicher gewesen, dass es sich bei ihrer Beobachtung um die vermissten Kinder mit der Katze handeln müsse. Heli rief sofort Gottfried an, der bestätigte, dass er gesehen habe, wie ihr in Richtung Sonnbichlalm verschwunden seid. Doch ungefähr zwanzig Minuten vorher sei ihm noch ein Mann aufgefallen, der im Eiltempo den gleichen Weg eingeschlagen habe. Wir waren alle sehr beunruhigt, als wir von dieser Beobachtung erfuhren. Und so machte ich mich mit Heli auf die Suche nach euch Ausreißern. Doch wieso seid ihr wieder alleine losgezogen, obwohl ihr versprochen hattet, beim Haus zu bleiben?“

Und nun begannen die Kinder zu berichten.

Da ich den genauen Ablauf unseres Abenteuers kannte, schließlich war ich ja selbst immer mit von der Partie gewesen, beschloss ich in der Zwischenzeit der Sache mit den seltsamen Wiesenstücken auf den

Grund zu gehen. Das war ich meinem Ruf schuldig.

Also sprang ich von Franzis Schoß und begab mich wieder hinter die Almhütte.

Rasch waren die einzelnen Wiesenteile entfernt, denn sie lagen nur ganz lose auf dem Boden. Darunter war wirklich frisch aufgegrabene Erde zu sehen.

Ich grub, ich kratzte, ich scharrte.

Und tatsächlich – dieser Katzenhasser hatte hier etwas vergraben: zum Vorschein kam eine graue gewalkte Jacke, die mir sehr bekannt vorkam.

Die Kinder mussten inzwischen alles Vorgefallene erzählt haben, denn ich hörte, wie Nico fragte: „Wo ist denn eigentlich Charlie?"

„Er ist vorhin hinter der Hütte verschwunden", bemerkte Heli.

Schon fanden sich alle vier bei mir ein und begutachteten meinen Fund.

„Da ist ja das fehlende Beweisstück?", rief Nico und von Franzi kam: „Das ist die Jacke, die wir gesucht haben!"

Ja und ich – ich habe sie gefunden!

Auch Nicos Vater musste eingestehen: „Charlie, das hast du wieder einmal gut gemacht!"

Dann griff er zum Handy – dieses Mal kam tatsächlich eine Verbindung zustande – und berichtete der Polizei in Berchtesgaden von unseren Entdeckungen, von dem abgerissenen Knopf, von der dazugehörenden Jacke und vor allem von dem Motorrad mit dem „Dreiereinmaleins“ - Kennzeichen. Ich weiß allerdings immer noch nichts mit diesem Begriff anzufangen.

„Wie geht es nun weiter?“, wollte Heli wissen.

„Hauptkommissar Wegscheider hat mich gebeten, dafür zu sorgen, dass niemand die Almhütte und die nähere Umgebung betreten kann, dass also vorhandene Spuren erhalten bleiben müssen. Er wird so schnell wie möglich mit seinen Beamten nach oben kommen.“

Heli gab seinerseits im Stahlhaus über den aktuellen Sachverhalt Bescheid: „Wir müssen hier bleiben und die Ankunft der Polizei abwarten. Vielleicht kann Amelie zur Sonnbichlalm kommen und Absperrbänder, Pappe und dicke Filzstifte mitbringen.“

Und es dauerte nicht lange, bis sich Nicos Mutter zu uns gesellte.

Sie konnte es natürlich nicht lassen, zuerst die beiden Kinder mit der Bemerkung „ Bei euch muss man wirklich auf alles gefasst sein!“ zu bedenken.

Victor nahm ihr den großen Rucksack ab.

„Ist der aber schwer!“, meinte er. „Was hast du denn alles mitgebracht?“

„Ich seid doch bestimmt hungrig und durstig! Und da es bestimmt noch eine Weile dauern wird bis Wegscheider mit seinen Beamten hier auftaucht, müsst ihr euch doch stärken!“

Außer dem angeforderten Material hatte sie genügend Proviant mitgebracht, um eine ganze Kompanie zu versorgen. Auch mich hatte sie nicht vergessen und an mein Lieblingsfutter gedacht.

Die Zugänge zur Hütte wurden mit den Absperrungen versehen und dann hielten wir einen wahren Festtagsschmaus. Nach der ganzen Aufregung schmeckte alles besonders gut.

Anschließend meinte dann Amelie zu den Kindern: „Wie wäre es, wenn ihr euch jetzt ein wenig ausruhen würdet? Ihr seht ziemlich mitgenommen aus.“

Die beiden protestierten nicht einmal.

Rasch wurden zwei Liegestühle und ein paar Wolldecken aus dem Schuppen geholt und in den Schatten neben der Hütte gestellt. Franzi und Nico machten es sich gemütlich; ich war natürlich mit von der Partie und kuschelte mich zu Franzi.

Und in der Tat: bald schliefen wir drei tief und fest.

Fünfter Akt – 4. Szene

Unsere drei Detektive bekommenUnterstützung von der Kriminalpolizei

Mir entging die Ankunft der Kriminalbeamten nicht. Auch wenn Katzen ganz tief schlafen, sind ihre Ohren immer auf Empfang.

Sie kamen zu viert: Wegscheider, Heinze und zwei mir unbekannte Männer, die, wie es sich herausstellte, zur Spurensicherung der Kriminalpolizei aus Traunstein gehörten.

Schnell die Kinder wecken!

Ohne unsere Recherchen würde die Polizei ja immer noch im Dunklen tappen. Deshalb mussten vor allem wir drei uns über das Ergebnis der weiteren Ermittlungen informieren.

„Da sind ja unsere Spürnasen!“, wurden wir gleich von Hauptkommissar Wegscheider begrüßt. „Und Kommissar Charlie hat bestimmt wieder die entscheidende Entdeckung gemacht“, meinte er dann lächelnd.

Dem Tonfall nach klang seine letzte Bemerkung doch ziemlich despektierlich, so von oben herab. Ich glaube, er konnte oder wollte unsere Ermittlungsarbeit nicht wirklich würdigen. Er schien in seiner Kriminalbeamtenehre gekränkt. Schließlich war er dazu ausgebildet worden, Verbrechen aufzuklären. Und nun waren ihm, was die Recherchen betrifft, zwei Kinder und sogar ein Kater immer um mindestens eine Nasenlänge im Voraus.

Und überhaupt, ohne meine Mitarbeit wäre überhaupt nichts gelaufen.

Von den Erwachsenen wurde Wegscheider dann mit allen Einzelheiten unseres Unternehmens vertraut gemacht. Er schien sehr beeindruckt von unserem Vorgehen, gab aber zu bedenken, dass wir doch ziemlich eigenmächtig gehandelt hätten. Es sei glücklicherweise alles gut abgelaufen und er müsse uns einen Erfolg zugestehen. Trotzdem hätten wir uns doch einer von uns nicht vorauszusehenden Gefahr ausgesetzt.

Doch wenn wir nicht...

Einige Fakten konnten wir natürlich nicht in Erfahrung bringen.

Der Hauptkommissar verkündete deshalb mit sichtlichem Stolz: „Aber auch ich bin nicht untätig gewesen. Ich habe nämlich den Eigentümer des Motorrades ausfindig gemacht."

Ich finde, dass dies eine seiner leichtesten Aufgaben gewesen ist, deren Bewältigung nicht unbedingt kriminalistischen Spürsinn erfordert.

Trotzdem waren wir alle sehr gespannt, denn der Besitzer des Kraftrades müsste aller Wahrscheinlichkeit der Übeltäter gewesen sein.

Wir hielten den Atem an und vernahmen: „Das Motorrad mit dem amtlichen Kennzeichen BGL–A 369 ist auf Paul Hansen zugelassen."

Das hatten wir eigentlich nicht erwartet – auf Paul Hansen, den Sohn des Bauunternehmers.

„Wir haben ihn sofort zur Vernehmung abgeholt."

Hatte er Kathi über die Felskante gestoßen?

War Paul der Katzenhasser?

Ich glaube nicht, dass ich ihm auf der Sonnbichlalm begegnet bin.

Wieso sollte er einen Schlüssel besitzen?

Und vor allem, aus welchem Grund sollte er Sophie und Anton beschimpfen? Er war es bestimmt nicht, der mich als ein „verdammtes Katzenvieh" bezeichnet hatte, als die unheilvollen Ereignisse ihren Lauf genommen hatten.

Und schon hatte ich die Bestätigung: Paul Hansen, den man aufs Revier gebracht hatte, konnte für den Morgen angeblich ein hieb- und stichfestes Alibi vorweisen. Nach den Recherchen der örtlichen Polizei hatte er seinen Rausch ausgeschlafen. Das hatte jedenfalls die Haushälterin der Hansens ausgesagt. Den gestrigen Abend hatte er nämlich mit seinem Spezi Vinzenz im Wirtshaus verbracht. Er konnte also nicht zur gleichen Zeit auf dem Jenner gewesen sein.

Nico erinnerte Wegscheider: „Als wir in der Almhütte eingesperrt waren, da haben wir doch die Stimmen von zwei Männern gehört . . ."

Und Franzi warf ein: „Ich kenne den Paul. Heute morgen, das war er nicht, das war ein anderer Mann, den ich aber bestimmt auch schon einmal in der Schönau gesehen habe."

„Kannst du dich erinnern, bei welcher Gelegenheit du diesen anderen Mann gesehen haben willst?", wollte nun Heinze, der Revierleiter der Polizeiinspektion Berchtesgaden, wissen. Er hatte die ganze Zeit nur zugehört und Wegscheider als ermittelndem Kriminalkommissar das Wort überlassen.

„Ich weiß es eben nicht", entgegnete Franzi, „aber ich glaube, er hat etwas mit Kathi zu tun."

Nicos Vater meinte dazu: „Kathis Neffe, der Vinzenz, steckt doch immer mit dem Paul unter einer Decke."

(Komisch! Die beiden unter einer Decke! Etwa so wie ich bei Franzi?)

„Und er hat außerdem ein starkes Motiv, seine Tante aus dem Weg zu räumen", ergänzte Amelie.

Wegscheider griff sofort zum Funkgerät und verständigte die Polizeiinspektion in Berchtesgaden. Er erteilte Kommissar Leineweber den Auftrag, auch den Vinzenz sofort zu einer Vernehmung auf das Polizeirevier zu laden.

Inzwischen war die Spurensicherung fertig mit ihrer Arbeit. Die beiden Beamten hatten die Jacke sichergestellt, Reifenspuren des Motorrades fotografiert, sie mit Gips ausgegossen und Hütte, Schuppen und die ganze Umgebung nach weiteren Spuren, wie zum Beispiel nach Fingerabdrücken, untersucht. Den Knopf, den ich an der Absturzstelle gefunden hatte und den Nico in seiner Hosentasche verstaut hatte, packten sie natürlich auch ein.

„Was geschieht nun weiter?“, wollten die Kinder wissen.

„Wir werden so rasch wie möglich nach Berchtesgaden fahren und uns Paul und Vinzenz vornehmen. Ich glaube, alle beide sind in diese unerfreuliche Geschichte verwickelt.“

Unerfreuliche Geschichte ist gut! Kathi hat diese „unerfreuliche Geschichte“ beinahe mit dem Leben bezahlt.

„Was machen Sie mit dem Janker und dem Knopf?“, wollte Heli wissen.

Wegscheider antwortete: „Wir fahren nach Reichenhall ins Krankenhaus und zeigen der Sonnbichlerin das Kleidungsstück. Vielleicht hilft das, ihrem Gedächtnis wieder auf die Sprünge zu helfen und sie erinnert sich an das Verbrechen. Anschließend schicken wir Jacke und Knopf zum Landeskriminalamt nach München. Auf Grund einer DNA-Analyse kann festgestellt werden, wer den Janker getragen hat.“

Neugierig wollten Nico und Franzi wissen, was das ist, eine DNA-Analyse. Von einer solchen Analyse hatte ich auch noch nichts gehört und so lauschte ich wissbegierig.

„Ihr wisst vielleicht, dass die Fingerabdrücke der einzelnen Menschen immer verschieden sind. An Hand eines hinterlassenen Fingerabdrucks kann also ein Täter überführt werden. Aber auch die Zellen eines jeden Menschen haben einen Aufbau, der einzigartig für diese Person ist. Wenn wir also Hautzellen an einem Kleidungsstück finden und deren Aufbau mit der Zelle zum Beispiel eines Haares oder dem Speichel einer verdächtigen Person vergleichen, können wir feststellen, ob diese Person das Kleidungsstück getragen hat.“

„Und wo kann man diese Untersuchung machen?“

„In unserem kriminaltechnischen Labor in München.“

„Und wie lange dauert es, bis das Ergebnis vorliegt?“

„Vielleicht zwei oder drei Tage.“

Tolle Sache, diese DNA-Analyse!

Ein solches Labor stand uns dreien natürlich nicht zur Verfügung, doch ohne unsere Mithilfe könnten sie diese komische Analyse nicht durchführen, denn wer hat schließlich Jacke und Knopf gefunden?

Wir befanden uns also kurz vor der Aufklärung des Verbrechens.

Wegscheider, Heinze und die beiden Ermittler von der Spurensicherung machten sich auf den Weg zum Schneibsteinhaus und nahmen dort noch eine Stärkung ein, bevor sie mit dem Geländewagen der Polizei nach Berchtesgaden fuhren.

Auch wir brachen auf und erreichten bald das Stahlhaus, wo wir schon mit großer Spannung erwartet wurden. Schließlich wollte die Hüttenbesatzung endlich vom neuesten Stand der Dinge unterrichtet werden.

Inzwischen war es schon Nachmittag geworden. Die Tagesgäste waren schon auf dem Heimweg und auf der Terrasse befanden sich kaum noch Leute. Erst gegen Abend würden dann die Bergwanderer kommen, die übernachten würden. Es war ruhig geworden und die ganze Belegschaft konnte sich eine Pause gönnen. So setzten wir uns alle im kleinen Gastraum bei der Theke zusammen, um über die Ereignisse des Tages zu sprechen.

Doch zuallererst wurden wir Hauptpersonen, ich zähle mich auch dazu, mit Speis und Trank bewirtet. Als es dann ans Erzählen ging, konnte ich natürlich nicht mithalten, doch zurückziehen wollte ich mich auch nicht, denn meine Rolle bei dem ganzen Unternehmen war ja von großer Bedeutung gewesen. Ich putzte mich also ausgiebig und rollte mich dann auf Franzis Schoß zusammen, um immer wieder von ihr mit Streicheleinheiten bedacht zu werden.

Obwohl alle unseren Einfallsreichtum und unseren Mut lobten und bewunderten, sollte der Tag für mich auf Grund eines Anrufs der Kripo beinahe ein ziemlich trauriges Ende nehmen: Nicos Eltern mussten mit den Kindern noch heute hinunter ins Tal. Für die Ausfertigung eines Protokolls des Geschehens wäre morgen auch noch Zeit gewesen, doch es ging um eine Gegenüberstellung der beiden mit den Verdächtigen auf der Polizeiinspektion Berchtesgaden.

Den Paul hatten sie ausfindig machen können und aufs Revier gebracht, aber nach dem Vinzenz suchten sie noch immer.

Heli erbot sich, die vier sofort bis zum Hinterbrand zu fahren. Dort würde die Polizei sie mit einem Streifenwagen erwarten.

Ich musste leider oben bleiben. Ach, ich wäre so gerne mit von der Partie. Sollte ich vielleicht...?

Und während Amelie und Victor Strasser und die Kinder schnell nach oben gingen, um ihre Rucksäcke zu packen, schlich ich mich nach draußen.

Heli saß schon im Wagen, als Franzi und Nico mit seinen Eltern vor die Tür traten.

Natürlich entdeckte mich meine Franzi sofort: „Schau, Nico", meinte sie und nahm mich auf den Arm, „Charlie will sich noch von uns verabschieden." Sie drückte mich ganz fest und setzte mich wieder auf den Boden.

„Du hast deine Sache wirklich gut gemacht!", mussten auch Amelie und Victor eingestehen.

Dann stiegen alle zu Heli ins Auto. Die Türen fielen zu.

Und ich?

Franzi musste meine Absicht geahnt haben. „Mein Gepäck ist noch draußen!", rief sie und öffnete die hintere Tür.

Ich huschte hinein zu ihr.

„Aber hier ist doch dein Rucksack", ließ sich Nicos Mutter vernehmen. „Wo hast du denn bloß deine Gedanken?"

Und ab ging die wilde Fahrt nach unten, über Stock und Stein.

Ich saß ganz außen neben Franzi, versteckt unter ihrem Anorak.

Obwohl das Mädchen beruhigend seine Hand auf mich legte, fühlte ich mich ganz elend. Mir scheint, dass mir das Autofahren überhaupt nicht bekommt. Endlos kam mir diese Fahrt vor und ich war froh, als sie zu Ende war. Irgendwie gelang es meiner Freundin, mich von den anderen ungesehen unter dem Anorak in den Streifenwagen zu schmuggeln. Als wir dann auf der Straße unterwegs waren und ich nicht wieder von Heli zurückgebracht werden konnte, erst dann machte ich mich bemerkbar und setzte ich mich auf Franzis Schoß.

Nicos Mutter, die neben Franzi saß, wurde zuerst auf mich aufmerksam.

„Ja, wen haben wir denn da?“, meinte sie.

(Als ob sie nicht genau wusste, wer ich bin.)

„Franzi, was hast du dir denn dabei gedacht, Charlie mitzunehmen?“

(Ihre erste Frage war also rein rhetorischer Natur gewesen.)

Das Mädchen verteidigte sich: „Der Kater wollte unbedingt mit und ich habe es nicht übers Herz gebracht, ihn oben zu lassen. Schließlich hat vor allem er mit seiner Superspürnase dazu beigetragen, dass wir kurz vor der Aufklärung des Verbrechens stehen. Ich finde, er hat ein Anrecht darauf, im entscheidenden Moment mit dabei zu sein.“

Der Polizeibeamte, der uns fuhr und sich als Inspektor Vollmer vorstellte, schüttelte ungläubig den Kopf: „Den ermittelnden Kater?“, sagte er skeptisch. „Gibt es den wirklich?“

Er gehört sehr wahrscheinlich zu den Wenigen, die nicht an die Existenz von Kommissar Charlie glauben und mich für eine von den Medien erfundene Figur halten.

Immer wieder blickte er in den Rückspiegel, als ob er sich vergewissern wollte, dass tatsächlich auf dem Schoß des Mädchens stolz ein leibhaftiger Kater thronte.

Wenn es auch nicht mehr so holperte, die Fahrt auf der Straße empfand ich trotzdem als ziemlich unangenehm, doch ich musste schon in Bezug auf meinen Ruf Haltung bewahren. Einen Kater, dem es bei einer Autofahrt übel wird, den konnte ich nicht abgeben.

Endlich - Berchtesgaden - Polizeiinspektion.

Zuerst wurden Irmgard und Heli über mein Verbleiben verständigt. Sicher hatten sie sich schon Sorgen gemacht.

Ich war ziemlich aufgeregt. Wem würden wir gegenüber gestellt werden?

Auch Franzi, mit mir auf dem Arm, und Nico blieben respektvoll dicht hinter den Erwachsenen, als wir das Revier betraten. Man erwartete uns schon und führte uns in einen Raum, der durch eine Glaswand von dem dahinter liegenden Zimmer abgetrennt war. Wir erblickten vier Männer in Motorradkluft, die uns alle anzuschauen schienen.

„Keine Angst, die vier können euch nicht sehen. Die Wand ist nur von dieser Seite aus durchsichtig.“, beruhigte uns Kommissar Wegscheider, der uns in Empfang genommen hatte.

„Erkennt ihr den Mann wieder, den ihr heute morgen auf dem Weg zum Schneibstein und später auf der Sonnbichlalm gesehen habt?“, wollte er dann wissen.

Doch die Kinder schüttelten den Kopf und Nico antwortete bestimmt: „Nein, er ist nicht dabei!“

„Der zweite von links, das ist der Hansen Paul, doch der war nicht oben!“, fügte Franzi hinzu.

Doch wo war der „Katzenhasser“?

Er sollte doch mit Paul unter einer Decke stecken.

Ja, wo war der Vinzenz Angermüller?

Den hatte die Polizei nämlich noch nicht ausfindig machen können, obwohl nach ihm und nach dem Motorrad von Paul Hansen gefahndet wurde.

16. Intermezzo

Rückblende – Weitere Recherchen im Tal

In der Zwischenzeit waren in der Schönau weitere Recherchen durchgeführt worden.

Wie schon bekannt, hatte die Überprüfung des polizeilichen Kennzeichens des an der Sonnbichlalm gesichteten Motorrades ergeben, dass die Maschine Paul Hansen gehörte.

Sofort hatte Kommissar Leineweber seinen Vorgesetzten Wegscheider oben auf der Alm verständigt und sich nach dessen Anweisung zum Anwesen des Bauunternehmers begeben, wo ihm die Haushälterin, Frau Schwertfeger, die Tür öffnete.

„Was, den Paul wollen sie sprechen? Der schläft noch."

„Um diese Zeit? Es ist doch schon nach Mittag!"

„Er muss gestern einen gehörigen Rausch gehabt haben", meinte sie.

Nur mit großer Mühe gelang es ihr, ihn zu wecken und nach unten zu bitten.

Paul tauchte erst nach einer geraumen Zeit auf, ungewaschen, unrasiert und mit wirren Haaren. Seinem leicht glasigen Blick nach war er immer noch nicht ganz nüchtern.

„Was war gestern Abend los gewesen?", wollte Leineweber wissen.

„Wwwas soll los gewesen sein?", war Pauls Gegenfrage.

Er gab dann zu, mit seinem Spezi Vinzenz den ganzen Abend im Gasthaus Untersteiner verbracht zu haben. Doch an Einzelheiten konnte er sich nicht erinnern – er hatte einfach zu viel Bier getrunken und zwischendurch auch noch ein paar Schnäpse...

„Und Ihr Motorrad? Wo ist Ihre Maschine, Herr Hansen?"

„Die muss in der Garage stehen; wir sind gestern zu Fuß unterwegs gewesen."

Davon wollte sich Leineweber sofort überzeugen. Doch zu Pauls großer Verwunderung stand dort kein Motorrad. Auch der Zweitschlüssel für die Maschine war nirgends zu finden.

„Vielleicht waren Sie doch mit dem Motorrad unterwegs gewesen", meinte der Kommissar.

„Dann müsste das Rad ja noch beim Untersteiner stehen, denn ich war bestimmt nicht mehr fahrtüchtig. Ich kann mich überhaupt nicht daran erinnern, wie ich nach Hause gekommen bin."

Aber auch beim Untersteiner keine Spur eines Motorrades.

Der Wirt bestätigte, dass die beiden Freunde sich bis zur Sperrstunde in der Gaststube aufgehalten hätten; Paul hätte dann mit der tatkräftigen Unterstützung von Vin-

zenz den Heimweg angetreten, denn er hätte sich kaum noch auf den Beinen halten können.

„Mir ist aufgefallen", erklärte der Wirt, „dass der Vinzenz entgegen seiner sonstigen Gewohnheit nur zwei Bier getrunken hat und sich das Schnapsglas mit Wasser füllen ließ, seinen Freund aber immer wieder zum Trinken animiert hat."

„Seltsam ist das schon", dachte Leineweber. „Warum wollte er unbedingt im Gegensatz zu Paul nüchtern bleiben? Vielleicht wollte er sich die Maschine ausleihen und sein Spezi sollte es nicht merken."

Der Kommissar hatte das Gefühl, dass der Sohn des Bauunternehmers Hansen mit all diesen unschönen Ereignissen zu tun hatte. Jedenfalls nahm er den Paul zur weiteren Vernehmung und zur Anfertigung eines Protokolls mit zur Polizeiinspektion. Das Motorrad und auch den Vinzenz Angermüller ließ er auf Geheiß von Hauptkommissar Wegscheider zur Fahndung ausschreiben.

Fünfter Akt – 5. Szene

Endspurt

*V*on nun an wurden die Kinder in die laufenden Ermittlungen mit einbezogen; ich glaube, die Kriminalbeamten hofften, von uns noch entscheidende Impulse zu bekommen.

Auch mir wurde endlich die gebührende Anerkennung seitens der Kriminalpolizei zuteil: Ich war jetzt immer mit von der Partie.

Heinze informierte uns über den derzeitigen Stand der Recherchen.

Fest stand, dass der Hansen Paul, um bei der folgenden treffenden Metapher zu bleiben (nicht wahr, ich weiß mich gebildet auszudrücken, nur vom Dreiereinmaleins habe ich keine Ahnung), mit dem Angermüller Vinzenz unter einer Decke stecken musste. Er konnte sich angeblich dunkel daran erinnern, dass sein Spezi unbedingt den Zündschlüssel für seine Motocrossmaschine haben wollte.

Er meinte noch: „Dem Vinzenz habe ich immer gesagt...“, schlug sich aber dann mit der Hand auf den Mund und war zu keiner weiteren Aussage mehr zu bewegen.

Es war nicht auszuschließen, dass Pauls Erinnerungslücken nur vorgetäuscht waren, weil er seinen Kumpel nicht verraten wollte. Oder wollte er von sich ablenken, um nicht selbst in Verdacht zu geraten.

Jedenfalls nahm ihn die Polizei unter dem Verdacht der Mittäterschaft vorläufig fest. Sie wollte vermeiden, dass er sich mit seinem Freund in Verbindung setzen und ihn warnen könnte.

Man teilte uns noch mit, dass nach Vinzenz, der sicherlich mit Pauls Motorrad unterwegs war, gefahndet wurde.

Die Strassers bestanden nun darauf, Franzi, Nico und mich sofort nach Hause in die Schönau zu bringen.

„Wir dürfen die Kinder nicht überfordern", meinten sie, „für heute ist es genug!"

„Ja, aber wenn wir den Vinzenz gefunden haben, müssen sie ihn doch identifizieren", wandte Wegscheider ein.

„Dafür ist dann morgen noch Zeit. Wenn sie ihn gefasst haben, werden Sie ihn ja bestimmt festsetzen."

Die beiden Freunde konnten sich zwar vor Erschöpfung kaum noch auf den Beinen halten, (ich fühlte auch eine gewisse Müdigkeit; eine richtige Katze pflegt nämlich mindestens die Hälfte des Tages zu verschlafen), doch sie wollten unbedingt bleiben, um die weitere Entwicklung zu verfolgen.

Aber Amelie bestand auf ihre Forderung: „Es reicht für heute!"

Nico fragte noch: „Wir werden doch bestimmt morgen verständigt, wenn ihr Kathis Neffen gefunden habt?" und Franzi fügte hinzu: „Charlie muss dann aber auch mitkommen. Er wird diesen Mann auf jeden Fall wieder erkennen", als sich die Ereignisse überschlugen.

Über Polizeifunk ging die Meldung ein, dass ein Motorrad mit dem gesuchten Kennzeichen auf der Straße nach Bad Reichenhall kurz vor Bayerisch Gmain gesichtet worden sei.

In der entstehenden Betriebsamkeit achtete niemand mehr auf uns. Victor und Amelie Strasser waren nicht mehr auf das Wohl der Kinder bedacht, sondern interessierten sich nur noch dafür, wie sich alles weiter entwickeln würde.

Auch unsere Müdigkeit war wie weggeblasen.

Ich machte mir meine Gedanken.

War Kathis Neffe Vinzenz Angermüller der Katzenhasser?

Hatte er versucht, seine Tante umzubringen, indem er sie in den Abgrund stieß?

Ich bin der Meinung, wer Katzen hasst, der ist zu allem fähig.

War er nun auf dem Weg zu Kathi ins Krankenhaus, um sie endgültig mundtot zu machen, damit er nicht als Täter überführt werden konnte?

Diese Fragen stellten sich auch die Kriminalbeamten und traten folgerichtig voll in Aktion.

Ich konnte nur noch staunen. Ein paar Anweisungen über Funk, ein paar Telefonate – schon waren viele Leute mobilisiert.

Von den Kindern und von mir hatte die Polizei zwar die entscheidenden Hinweise erhalten, aber zu dieser Aktion wären weder Franzi und Nico, noch wäre ich dazu in der Lage gewesen. – Faszinierend!

Die Staatsanwaltschaft in Traunstein wurde als erstes informiert, dann das Reichenhaller Krankenhaus. Kathi musste abgeschirmt werden. Am besten, sie wurde in ein anderes Zimmer verlegt.

Ein großes Polizeiaufgebot wurde angefordert, denn die Straßen mussten überwacht werden.

Es war keine Zeit zu verlieren. Mit einem Streifenwagen und einem Zivilfahrzeug ging es los nach Bad Reichenhall, wir alle, Nicos Eltern, die Kinder und natürlich meine werte Person waren mit dabei.

Über Polizeifunk wurden wir auf dem Laufenden gehalten und Hauptkommissar Wegescheider konnte seine Anweisungen geben.

Die Polizei aus Bayerisch Gmain hatte ja schon zuvor ganze Arbeit geleistet: sie hatte das gesuchte Motorrad entdeckt und den entscheidenden Funkspruch nach Berchtesgaden geschickt.

Doch Vinzenz hatte anscheinend geahnt, dass man ihm auf der Spur war und die Maschine auf kleine Feldwege gelenkt, die der Streifenwagen nicht befahren konnte und sich so der Verfolgung entzogen.

Wegscheider war der festen Überzeugung, dass Vinzenz beabsichtigte, das Reichenhaller Krankenhaus anzusteuern, um seiner Tante einen nicht wohl meinenden Besuch abzustatten; deshalb konzentrierte er per Funk den Polizeieinsatz rund um die Klinik; sogar auf den Fluren des Spitals befanden sich zwei Beamte, als Pfleger getarnt.

Ich war so aufgeregt bei diesem ganzen Unternehmen, dass ich wieder ganz vergessen hatte, dass mir das Autofahren gar nicht bekommt.

Wir parkten ganz dicht am Eingang der Klinik – das darf sonst niemand – aber wir waren ja mit dem zivilen Fahrzeug der Polizei unterwegs. Wegscheider telefonierte mit der Station, auf der Kathi lag.

Dort hatte Leineweber schon Stellung bezogen.

Nein, Vinzenz war noch nicht erschienen.

Im Krankenhaus war alles vorbereitet. Frau Sonnbichler war schon verlegt worden. Hautkommissar Wegscheider bezog Stellung in ihrem ehemaligen Zimmer, während wir, das heißt, Victor und Amelie, Franzi, Nico und ich, erst einmal Kathi besuchten.

Auch die Sonnbichlerin, der es schon wieder recht gut ging, die man aber aus Sicherheitsgründen nicht entlassen wollte, war sichtlich aufgeregt. Leineweber zeigte ihr nämlich gerade den Janker und den Knopf, bevor diese Fundstücke nach München zur DNA-Analyse geschickt werden sollten. Ich hatte den Eindruck, dass Kathi gerade etwas äußerst Wichtiges erzählen wollte, als es leise an die Tür klopfte.

Ein Pfleger, nein, es war ein Polizeibeamter als Pfleger getarnt, kam herein.

„Der Verdächtige hat gerade die Klinik betreten, ganz frech und unverfroren, mit einem Blumenstrauß. Am Empfang hat er sich nach der Zimmernummer seiner Tante, Frau Sonnbichler, erkundigt“, teilte er dem Kommissar mit.

Leineweber wies uns an, bei Kathi zu bleiben, während er sich zu Wegscheider ins andere Zimmer begab, obwohl die Kinder und vor allem ich gerne miterlebt hätten, wie der Übeltäter überführt wurde. Doch wir sollten uns keiner unnötigen Gefahr aussetzen. Am liebsten wäre ich ... aber wenn mich der Katzenhasser bemerkt hätte ... nicht auszudenken!

Es blieb uns nichts anderes übrig als abzuwarten, was uns allen besonders schwer fiel. Es vergingen spannende Minuten, die uns wie eine Ewigkeit vorkamen.

17. Intermezzo
Enthüllungen

Leineweber musste sich beeilen, um noch rechtzeitig in das ehemalige Krankenzimmer der Sonnbichlerin zu kommen, wo er schon von Wegscheider erwartet wurde. Beide hatten sich gerade im Bad verborgen, als es klopfte.

Sie hörten, wie jemand den Raum betrat. Es musste Vinzenz sein, denn sie vernahmen, wie eine männliche Stimme sagte: „Hallo Tante Kathi! Wie geht es dir? Schau, ich habe Blumen mitgebracht!“

Dann war es still und plötzlich – ein Aufschrei!

Wegscheider und Leineweber stürmten ins Zimmer und erblickten den ungläubig schauenden Vinzenz, der achtlos die Blumen hatte fallen lassen und wie erstarrt vor dem Krankenbett stand, in dem er seine Tante vermutete.

Zu seinem Entsetzen hatte sich die im Bett liegende Person als eine Polizeibeamtin entpuppt, die Kathis Platz eingenommen hatte.

Seine Erstarrung wich, er drehte sich um und wollte so schnell wie möglich zur Tür hinaus. Dieser Absicht hatte Wegscheider aber schon vorgebaut: ein Polizist schnitt ihm den Fluchtweg ab.

Und schon legte ihm Leineweber Handschellen an.

Hauptkommissar Wegscheider wurde amtlich: „Vinzenz Angermüller, wir müssen Sie festnehmen unter dem Verdacht des Mordversuchs an Ihrer Tante, Frau Katharina Sonnbichler. Sie dürfen hierzu die Aussage verweigern. Es steht Ihnen zu, sich zu Ihrer Verteidigung eine Anwalt zu nehmen."

Dann sollte der vermutliche Übeltäter abgeführt werden.

Doch er protestierte energisch: „Auf dem Berg, das war keine Absicht, das war ein Unglücksfall! Ich habe meine Tante nicht hinunter gestoßen, sie ist gestürzt. Die Kathi kann das bestätigen."

„Und dann haben Sie nicht die Leute in der Hütte oder die Bergwacht gerufen, sondern in Kauf genommen, dass Frau Sonnbichler den Sturz nicht überlebt. Und was wollten Sie hier im Krankenhaus? Ihre Tante endgültig mundtot machen?"

„Ich..."

„Am besten ist, Sie sagen jetzt nichts mehr, denn alles, was Sie von nun an äußern, kann gegen Sie verwendet werden!", meinte Wegscheider.

Doch Leineweber, der gerade einen Anruf erhalten hatte, warf ein: „Der Staatsanwalt ist gerade mit dem Haftbefehl gekommen und auf dem Weg hinauf zu uns. Wie wäre es, wenn wir zu Frau Sonnbichler gehen würden; ich hatte vorhin den Eindruck, als ob sie sich wieder an alles erinnern würde. Vielleicht kann sie die Angaben ihres Neffen bestätigen."

Fünfter Akt – 6. Szene
Aufklärung

Die Spannung war kaum noch zu ertragen.

Was spielte sich in Kathis ehemaligem Krankenzimmer ab?

Wie sagen meine Menschen immer: „Jetzt möchte ich gerne Mäuschen spielen und lauschen.“

Ich glaube, ich weiß, wie sie das meinen: sie möchten gerne ganz klein sein, damit sie überall unbemerkt hinhuschen können.

Also ein Mäuslein möchte ich nicht sein, lieber eins jagen und dann verspeisen.

Es klopfte. Wir schreckten hoch. Ich suchte gleich Zuflucht auf Franzis Schoß.

Hinein trat ein mir unbekannter, gut gekleideter Herr und stellte sich als Dr. Michaelis von der Staatsanwaltschaft Traunstein vor.

Er entdeckte mich gleich. Auch er hatte schon von mir gehört, denn er streichelte mich und meinte: „Du kannst nur der berühmte Kommissar Charlie sein!“

Diese Äußerung ließ darauf schließen, dass er meine kriminalistischen Fähigkeiten zu schätzen weiß.

Die Kinder waren natürlich neugierig.

„Und was machen Sie hier?“, fragte Nico.

Dr. Michaelis erklärte geduldig: „Immer, wenn ein Verbrechen geschieht, wird ein Staatsanwalt hinzugezogen. Ohne ihn geht nichts. Die Polizei ist nur ein ausführendes Organ, die aber nicht alleine entscheiden kann, ob ein Haftbefehl ausgestellt werden kann. Ohne hinreichende Verdachtsmomente darf niemand festgenommen werden. Das muss vom Staatsanwalt überprüft werden. Dieser wiederum beantragt einen Haftbefehl beim zuständigen Ermittlungsrichter. Für uns hier ist der Richter in Bad Reichenhall zuständig. Es gibt natürlich Ausnahmen, wenn zum Beispiel „Gefahr im Verzug“ ist.“

„Was heißt denn das schon wieder, „Gefahr im Verzug“?“, wollte Franzi wissen.

„Das bedeutet eine Gefahr, bei der die Polizei auch ohne einen richterlichen Beschluss jemanden verhaften darf, um Schlimmeres zu verhüten. In diesem Fall muss aber der Festgenommene innerhalb von 24 Stunden dem Haftrichter vorgeführt werden. Der entscheidet dann, ob der vermutliche Täter in Untersuchungshaft kommt.“

Franzi meinte: „Ach ja“, verstand es aber nicht so recht.

Und ich...?

Plötzlich waren Stimmen vor der Tür zu hören.

Wegscheider und Leineweber brachten einen Burschen herein. Er trug seltsame Armbänder, an jedem

Handgelenk eines, beide waren miteinander verbunden. Mir kam das übrigens sehr unpraktisch vor.

Es war der **Katzenhasser**!

In der Tat, Vinzenz, Kathis Neffe, war der Katzenhasser, der seine Tante sehr wahrscheinlich beinahe umgebracht hatte!

Auf Franzis Schoß fühlte ich mich sicher. Wütend legte ich die Ohren nach hinten und fauchte ihn an.

Meine Freundin beruhigte mich: „Ist ja gut, Charlie! Er kann dir nichts mehr tun. Schau, er hat Handschellen an."

Ach, Handschellen nennt man diese komischen Armbänder.

Dr. Michaelis wurde amtlich: „Vinzenz Angermüller, ich habe hier einen Haftbefehl. Sie werden des versuchten Mordes an Ihrer Tante, Frau Katharina Sonnbichler verdächtigt..."

Weiter kam er nicht, denn Kathi viel ihm energisch ins Wort: „Es war kein versuchter Mord! Ich kann mich wieder genau an alles erinnern. Wir haben miteinander gestritten. Mein Neffe wollte unbedingt, dass ich den Hof und alles was dazu gehört verkaufen sollte. Damit lag er mir schon seit einiger Zeit in den Ohren."

Wegscheider horchte auf: „Also hat Vinzenz nicht gelogen, als er behauptete, seine Tante nicht in den Abgrund gestoßen zu haben."

Die ganze unglückselige Geschichte schien kurz vor der Aufklärung zu stehen.

Da man Kathi, die zwar inzwischen so weit wieder hergestellt war, dass sie das Bett verlassen konnte, nicht zumuten wollte, auf der Polizeiinspektion Berchtesgaden befragt zu werden, wurde Vinzenz in einen anderen Raum gebracht und die Sonnbichlerin in ihrem neuen Zimmer, das ziemlich geräumig war, belassen. Wir alle, die mit dem Geschehen ja eng verbunden waren, durften bleiben.

Kathi fing an zu erzählen und schilderte den Ablauf des Unglücksmorgens.

„Wie ihr ja alle wisst, sind auf meinem Hof ziemlich unschöne Dinge passiert, die mich dazu bringen sollten, den Hof zu verkaufen. Zuerst haben die Bauern, die bereit waren, Grund zu veräußern, damit die neue Hotelanlage gebaut werden könnte, an der Grenze zu meinem Bauernhof ohne zwingenden Grund geodelt, dass es zum Himmel stank und meine Gäste sich durch den Geruch belästigt fühlten. Dann wurde die Scheune in Brand gesetzt und um mir zu drohen, kamen zum bitteren Ende einige Hühner jämmerlich ums Leben. Das hatte zur Folge, dass meine Feriengäste überstürzt abreisten. Ich wollte einfach zur Ruhe kommen und zog mich auf meine Alm zurück. Heli hat mich noch hinauf gefahren. Am nächsten Morgen wollte ich eine Wanderung zum Schneibstein unternehmen, um in der Bergwelt neue Kraft zu schöpfen. Doch dieser Ausflug wurde mir zum Verhängnis. Ich hatte schon das Schneibsteinhaus passiert, als mir zwei Burschen entgegenkamen, mein Neffe Vinzenz mit seinem Spezi, dem Hansen Paul. Ich habe mir nichts dabei gedacht, als die beiden sich erboten, mich ein Stück zu begleiten. Der Paul allerdings blieb am Sattel zurück, während mein Neffe mit mir weiter wandern wollte. Ununterbrochen redete er auf mich ein; ich sollte bedenken, wie beschwerlich die Bewirtschaftung des Hofes und die Versorgung der Feriengäste allmählich für mich werden könnte. Ich hätte doch ein viel besseres Leben, wenn ich Haus und Hof verkaufen würde. Auf meinen Einwand, dass ich an meinem jetzigen Leben und meiner Arbeit viel Freude hätte und dass mir das Ehepaar Kranzler tatkräftig zur Seite stehen würde, ging er überhaupt nicht ein. Ich regte mich dermaßen auf, dass ich nicht mehr auf den Weg achtete und an einer abschüssigen Stelle plötzlich stolperte und das Gleichgewicht verlor. Vinzenz konnte mich zwar noch gerade an den Oberarmen packen, ich konnte nach seiner Jacke greifen, bekam aber nur einen Knopf zu greifen – da strauchelte auch er. Er ließ mich los, um nicht mit mir in den Abgrund zu stürzen. Plötzlich hatte ich nur noch den Knopf in der Hand, ich fiel über die Felskante und da – meine Erinnerung setzt aus. Mein Neffe hat mich auf jeden Fall nicht gestoßen."

Der Staatsanwalt wandte sich an Wegscheider: „Lassen Sie bitte den Vinzenz Angermüller holen!“

Beim Anblick des Katzenhassers sträubte sich mir immer noch das Fell.

Dr. Michaelis klärte den erwartungsvoll blickenden Übeltäter über Kathis Aussage auf.

Vinzenz schien erleichtert: „Meine Tante hat also meine Angaben bestätigt. Ich habe ja gesagt, dass ich sie nicht hinunter gestoßen habe, vielmehr habe ich sie noch festhalten wollen, um den Sturz zu verhindern.“

„Ach so“, äußerte sich Wegscheider, „und was haben Sie dann unternommen?“

Kathis Neffe stellte sich dumm: „Wie? – Was hätte ich unternehmen sollen?“

„Haben Sie Hilfe geholt?“

„Am Jenner oben gibt es meistens kein Netz. Ich habe mit dem Handy keine Verbindung bekommen“, bekam er zur Antwort

„Das ist eine fadenscheinige Ausrede!“, warf der Staatsanwalt gereizt ein.

Er und Wegscheider verloren allmählich die Geduld ob dieser Dreistigkeit.

„Auf die Idee, zum Stahlhaus oder zum Schneibsteinhaus zu laufen, um von dort aus die Bergwacht zu verständigen, auf diese Idee sind Sie wohl nicht gekommen?“, fragte der Hauptkommissar.

Und Dr. Michaelis polterte entgegen seiner sonst so besonnenen Art los: „Sie haben vielmehr in Kauf genommen, dass Frau Sonnbichler den Sturz nicht überleben würde!“

Und wieder Wegscheider: „Das wäre Ihnen sehr gelegen gekommen, da Sie ja der einzige Verwandte der Bäuerin sind und ihren Besitz erben würden.“

„Ich bin nicht als Erbe eingesetzt. Meine Tante hat ein Testament zu Gunsten des Ehepaars Kranzler verfasst“, bekamen wir zu hören.

„Deshalb haben Sie wohl auch den Verdacht auf Sophie und Anton Kranzler lenken wollen. Als Täter wären die beiden nämlich erbunwürdig gewesen“, meinte Wegscheider

„Woher wissen Sie das, ich meine, dass ich es war, der angerufen hat, um Anton und Sophie zu verdächtigen?“, fragte Vinzenz, dermaßen in die Enge getrieben.

Oh, diesen Anruf hatte man uns verschwiegen.

„Nun haben Sie sich verraten. Sie waren also wirklich derjenige, von dem der anonyme Hinweis kam! Sie haben angegeben, Sophie und Anton an dem bewussten Tag auf dem Jenner gesehen zu haben“, stellte der Kriminalhauptkommissar fest.

Ganz schön gerissen dieser Kerl! Den Verdacht auf dieses nette und grundanständige Paar zu lenken!

Jetzt regte sich die Sonnbichlerin auf: „Du hast niemanden um Hilfe gebeten und mich einfach liegen lassen und dazu den Verdacht auf unschuldige Menschen gelenkt. Ich hatte schon Recht, Sophie und Anton Kranzler als Erben einzusetzen und dir nichts zu hinterlassen. Du bist und bleibst ein Nichtsnutz, der nur auf seinen eigenen Vorteil bedacht ist. Andere Menschen bedeuten dir nichts."

Kathi hatte das Ganze so mitgenommen, dass Dr. Flasche sie in ihr altes Zimmer bringen ließ und ihr eine Beruhigungsspritze geben musste.

Im Streifenwagen wurden Nicos Eltern, die Kinder und ich zuerst einmal in die Schönau gebracht, wo wir schon sehnsüchtig von Clarissa und Bastian erwartet wurden.

18. Intermezzo

Resumé

Vinzenz Angermüller wurde festgenommen.

Ihm wurde unterlassene Hilfeleistung vorgeworfen. Außerdem habe er wissentlich den Tod seiner Tante in Kauf genommen, was dem Tatbestand des versuchten Totschlags entsprach. Er wurde zur weiteren Vernehmung dem Ermittlungsrichter in Bad Reichenhall zur Haftprüfung vorgeführt; dort wurde er unter Zuziehung eines Pflichtverteidigers weiter verhört.

Alle ihm zur Last gelegten Vergehen konnten ihm nachgewiesen werden.

Die Rekonstruktion seiner Taten ergab folgendes Bild: von Seiten des Hoteliers und auch des Bauunternehmers war Vinzenz eine beträchtliche Summe geboten worden, wenn es ihm gelingen würde, seine Tante zum Verkauf ihres Besitzes zu überreden. Doch er hatte sie nicht überzeugen können.

Dann hatte er versucht, Kathi in Angst und Schrecken zu versetzen, wobei ihm sein Freund Paul tatkräftig unterstützt hatte.

Aber auch die Tierquälerei hatte zu keinem Erfolg geführt.

Noch einmal hatte er dann die Bäuerin auf dem Sonnbichlhof aufsuchen wollen, um mit ihr zu reden. Er hatte aber nur Antons Freund, den Steffen, angetroffen. Von ihm hatte er erfahren, dass sich seine Tante auf ihre Alm zurückgezogen hatte.

Während Steffen weiter seine Arbeit verrichten musste, hatte Vinzenz den Schreibtisch seiner Tante durchsucht – vielleicht um Bargeld zu finden – und war bei dieser Gelegenheit auf das Testament gestoßen.

Zu seinem Entsetzen hatte er feststellen müssen, dass Sophie und Anton Kranzler als alleinige Erben eingesetzt waren und er selbst leer ausgehen würde. Er hatte das Testament absichtlich offen auf dem Schreibtisch liegen lassen, wo es dann auch von Kommissar Leineweber gefunden wurde.

Vinzenz musste so schnell wie möglich hinauf auf die Alm, um seine Tante umzustimmen. Paul sollte ihn mit seiner Geländemaschine in aller Frühe am nächsten Morgen hinauffahren.

Doch sie hatten nur eine unverschlossene verlassene Almhütte vorgefunden. Vielleicht war Kathi zum Stahlhaus unterwegs. Die beiden hatten das Motorrad weiter unten in den Büschen verborgen und sich aufgemacht in Richtung Stahlhaus.

Auf dem Sattel war ihnen dann die Sonnbichlerin begegnet, die den Weg über das Schneibsteinhaus genommen hatte.

Das weitere Geschehen, das zum Absturz der Bäuerin geführt hatte, ist bekannt.

Vinzenz und Paul hatten sich anschließend so schnell wie möglich zur Alm begeben. Dort hatte Vinzenz bemerkt, dass an seiner Walkjacke ein Knopf fehlte. Kathi musste ihn versehentlich abgerissen haben. Er hatte die Jacke mit voller Absicht im Kasten der Sonnbichlalm versteckt, denn dort hatten die Kranzlers auch Kleidungsstücke deponiert. Dann hatte er die Hütte verschlosssen und war mit seinem Freund Paul auf der Motocrossmaschine nach unten gefahren.

Als er später seine Lage überdacht hatte, war er zu dem Ergebnis gekommen, dass man ihn verdächtigen könnte. Zum einen beschloss er, den Verdacht auf das Ehepaar Kranzler zu lenken, indem er in einem anonymen Anruf bei der Polizei angab, dass Sophie und Anton zur Tatzeit auf dem Jenner gewesen wären. Zum anderen wollte er noch einmal hinauf, um oben nach dem abgerissenen Knopf zu suchen und den Walkjanker endgültig zu entsorgen.

Mit der erfolgreichen Spurensuche von Kater und Kindern hatte er allerdings nicht gerechnet, denn diese Aktion hatte schließlich zu seiner Festnahme geführt.

Nach der Vernehmung durch den Haftrichter kam er in Untersuchungshaft. Das positive Ergebnis der DAN-Analyse bestätigte zusätzlich die richterliche Entscheidung.

Auch gegen Paul Hansen erging eine Anzeige wegen Beihilfe und versuchter Vertuschung einer gesetzeswidri-

gen Handlung. Da bei ihm keine Fluchtgefahr bestand und er im Gegensatz zu Vinzenz einen festen Wohnsitz nachweisen konnte, wurde er nicht verhaftet.

Fünfter Akt – 7. Szene

Erinnerungen

*E*s hat mich schon seltsam berührt, mein altes Zuhause wieder zu sehen. Clarissa hatte schon alles vorbereitet: ein leckeres Abendessen für alle, dann ein weiches Lager für mich und frisch überzogene Betten für Franzi und Nico. Nach diesem gemeinsamen Erlebnis sollten die Kinder nicht auseinander gerissen werden, zumal Amelie und Victor genau berichten mussten und noch lange mit Franzis Eltern bei einem Glas Wein zusammen saßen.

Ich verschmähte die für mich gerichtete Ruhestätte und kuschelte mich zu Franzi, denn auch ich wollte nicht alleine bleiben. Schließlich gehörten wir drei Superermittler doch zusammen.

Als ich am nächsten Morgen wach wurde, fand ich mich zuerst gar nicht zurecht; ich befand mich am Fußende eines mir vollkommen unbekannten Bettes. Nach alter Gewohnheit dehnte und streckte ich mich und schaute mich erst einmal um. Auch das Zimmer war mir fremd, so hell und geräumig.

Wo war ich?

Dann erblickte ich die fest schlafende Franzi. Und nun dämmerte es mir: die ganzen Ereignisse des letzten Tages wurden mir wieder bewusst.

Ich wollte das Mädchen nicht wecken. Da die Zimmertür nur leicht angelehnt war, beschloss ich, das Haus zu erkunden und schlüpfte hinaus. Hier hatte ich also die ersten zwei Jahre meines Lebens verbracht.

Ich konnte mich vage erinnern, dass hier irgendwo ein Katzenkistchen stehen musste.

Aber wo? – Vielleicht...? – Nein, Fehlanzeige!

Ach ja, die Kellertreppe hinunter, da müsste es sein!

Treffer! – Geschäft erledigt.

Und nun zum Frühstück!

Clarissa und Bastian mussten auch schon aufgestanden sein, denn ich konnte ihre Stimmen hören.

Vielleicht waren sie in der Küche. – Volltreffer!

„Na Charlie, auch schon aufgestanden?", begrüßten sie mich.

Ich wollte gerade um ihre Beine streichen, als ... sich zwei Artgenossen mir in den Weg stellten.

Angreifen, wegrennen oder...? Abwarten hieß die Devise. Schließlich genossen die beiden, eine getigerte Katzendame und ein schwarzweißer Kater, hier Hausrecht.

Doch sie waren überhaupt nicht angriffslustig, sie maunzten ganz leise, richteten die Schwänze auf und begrüßten mich nach Katzenart, indem sie nacheinander ihren Kopf an dem meinigen rieben. Sicher hatte man ihnen von mir, dem berühmtesten Kater von ganz Bayern, erzählt. Vielleicht wollten sie sich gut mit mir stellen und an meinem Ruhm teilhaben.

„Schau Bastian, sie vertragen sich", äußerte sich Clarissa. „Mona ist schließlich Charlies Schwester und Tiger sein Neffe."

Mit diesen Worten bekam ich von Franzis Mutter einen wohl gefüllten Napf zum Frühstück hingestellt.

Meine Verwandtschaft war entweder wohlerzogen oder einfach schon gesättigt – letzteres trifft wohl zu – denn sie machten mir das Futter nicht streitig.

Nach der folgenden ausgiebigen Morgentoilette – wie schon oft erwähnt, lege ich Wert auf ein gepflegtes Aussehen – war ich zu neuen Taten bereit. Mir war, als ob Mona – Mona ... Lisa? – sie hat mein Gesicht – und Tiger mir die Gegend zeigen wollten, denn sie stießen mich an und gingen zielstrebig in Richtung Tür.

Doch Clarissa verhinderte dieses Vorhaben: „Charlie kennt sich hier nicht aus und ist vor allem überhaupt keine Autos gewöhnt. Außerdem müssen wir mit ihm und den Kindern auf die Polizeiinspektion nach Berchtesgaden."

Die Festsetzung dieses Termins war mir entgangen.

„Sollten wir nicht die Kinder wecken?", fragte Bastian.

„Ja, ich bereite gerade ihr Frühstück vor. Nico muss dann hinüber zu seinen Eltern, duschen und frische Sachen anziehen – Franzi übrigens auch – schließlich müssen sie bei der Pressekonferenz ordentlich und gepflegt aussehen“, ließ sich Clarissa vernehmen.

Pressekonferenz – ich weiß zwar nicht, was das ist, muss aber sehr wichtig sein, denn sonst würden die Erwachsenen nicht so viel Wert auf das Aussehen ihrer Sprösslinge legen. Am besten wird sein, wenn ich mein Fell vorsichtshalber auch noch einmal durchputze.

„Doch zuerst müssen ihre Aussagen von gestern noch zu Protokoll genommen werden“, fügte Bastian hinzu.

Was ein Protokoll ist, weiß ich zwar auch nicht – aber ich werde es schon noch erfahren.

Bald waren wir alle startklar – die Kinder und ich gaben ein äußerst adrettes Erscheinungsbild ab – und los ging die Fahrt.

Wir drei waren bei Franzis Eltern im Auto, Amelie und Victor fuhren hinterher.

War das alles aufregend. Und schon wieder vergaß ich, dass mir das Autofahren überhaupt nicht bekommt.

Fünfter Akt – 8. Szene

Pressekonferenz

Vor der Polizeiinspektion drängten sich die Leute, Einheimische, Touristen, Reporter und Fotografen. In Windeseile musste sich das außergewöhnliche Geschehen herumgesprochen haben. Alle wollten im Vorhinein einen Blick auf uns erhaschen. Doch wie von einer Zauberhand angetrieben ging das große Tor auf, wir mit den Autos hindurch und das Tor schloss sich wieder wie von selbst. Wir stiegen aus und konnten unbehelligt von den Neugierigen das Gebäude betreten. Kriminalhauptkommissar Wegscheider empfing uns freundlich, bedachte sogar mich mit einem Streicheln über den Kopf – ich glaube, er hat inzwischen erkannt, was er dank unserer Mitarbeit erreicht hat – und wir betraten ein Vernehmungszimmer.

Die Kinder mussten noch einmal die Ereignisse des vorherigen Tages rekapitulieren. Vor ihnen auf einem Tisch stand ein seltsames kleines Gerät, Mikrofon nennt man es. Woher ich das weiß? Ich wollte es nur beschnuppern und es ist beinahe auf den Boden gefallen.

„Sei bloß vorsichtig, Charlie!“, tadelte mich Nico.

„Das ist ein Mikrofon, ein empfindliches Gerät."

Ich weiß zwar nicht, wozu dieses Ding zu gebrauchen ist, aber ich werde mich ein wenig zurückhalten.

Als diese Prozedur vorüber war, konnte endlich die angekündigte Pressekonferenz stattfinden.

Wir mussten uns in den großen Sitzungssaal begeben.

Vor der Tür dieses altehrwürdigen Raumes trafen wir auf all unsere Bekannten und Freunde, die in den Fall involviert waren: Irmgard und Heli vom Stahlhaus, Christa und Gottfried vom Schneibsteinhaus, Sophie und Anton Kranzler vom Sonnbichlhof und natürlich Kathi, meine liebe Freundin. Sie saß in einem Stuhl mit Rädern, denn sie durfte ihr Bein noch nicht belasten.

Als wir den Saal betraten, empfing uns ein mir noch unbekanntes Geräusch, das von klatschenden Menschenhänden verursacht wurde.

„Hör doch Charlie, sie klatschen Beifall!", erklärte Franzi mir.

„Ja", fügte Nico hinzu, „dieser Applaus gilt uns, „wenn viele Menschen jemanden bewundern, dann klatschen sie.", erklärte er weiter.

Ein interessanter Brauch! – Gefällt mir!

Wir Beteiligten mussten uns hinter einen langen Tisch an der Stirnseite des Raumes setzen, in der Mitte ließen sich Wegscheider, Leineweber und Heinze nieder; vor jedem Platz stand ein Mikrofon – von Nico wusste ich inzwischen, welche Bewandtnis es mit diesem Apparat hat. Ich durfte vor Franzi und Nico auf einem roten Kissen auf dem Tisch Platz nehmen. Leider stand mir kein Mikrofon zur Verfügung, ich hätte es nur zu gerne ausprobiert.

Die Presseleute saßen vor uns in Stuhlreihen wie in einem Theater (meinte Franzi), ganz vorne war das Kamerateam vom Bayerischen Fernsehen, denn die ganze Pressekonferenz wurde aufgezeichnet.

Kriminalhauptkommissar Wegscheider ergriff das Wort und stellte uns einzeln vor. Als mein Name genannt wurde, klatschten alle besonders laut; ich sonnte mich in diesem Applaus. Die Schönau ist von nun an um eine Berühmtheit reicher geworden: von nun an werde ich einem Atemzug mit Romy Schneider (sie stammt ja auch aus der Schönau) genannt werden.

Zuerst unterrichteten die Kriminalbeamten die Anwesenden über das ganze Geschehen. Dann durften die Reporter Fragen stellen. Besonders Franzi und Nico standen mit mir im Mittelpunkt des Interesses.

Nach der schier endlosen Fragerei durfte fotografiert werden.

Vom Bürgermeister der Schönau bekamen die beiden Kinder zum Dank eine Urkunde überreicht; mir wurde eine Medaille an einem roten Band um-

gehängt. Auf der Vorderseite war ein Edelweiß zu sehen und auf der Rückseite war „Für Kommissar Charlie, verliehen vom Bürgermeister der Marktgemeinde Schönau“ eingraviert. Mit diesem Ding um den Hals werde ich natürlich nicht auf dem Jenner herumlaufen, höchstens einmal, um Poldi zu beeindrucken.

Am meisten wurden natürlich wir drei Superermittler abgelichtet: Franzi, Nico und vor allem ich, auf meinem roten Kissen, auf den Armen von Franzi, auf den Armen von Nico, von vorne, von rechts, von links, von hinten...

Wenn dieser ganze Aufwand auch meinem Ego (das bin ich auf Latein) schmeichelte – irgendwann wird solch ein Rummel auch einem berühmten Kater zu viel – war ich froh, als diese Pressekonferenz vorüber war.

Den krönenden Abschluss bildete dann die Einladung des Bürgermeisters: ein Festessen fand für alle Beteiligten im Gasthaus Untersteiner in der Schönau statt. Auch ich wurde natürlich mit den köstlichsten Leckerbissen bedacht. Sogar ein Katzenkistchen bekam ich fürsorglich bereitgestellt.

Am Ende der Feierlichkeiten fragte mich Heli: „Sollen wir dich mit nach oben nehmen?“

Etwa mit dem Auto? Ich ging ein paar Schritte rückwärts. „Bitte nicht!“, sollte das bedeuten.

Meine Freundin Franzi verstand mich und hatte gleich eine Idee: „Charlie, du schläfst noch eine Nacht hier unten. Morgen bringen Nico und ich dich mit der Seilbahn hinauf.“

Ich glaube, die Gondelbahn ist das kleinere Übel.

Außerdem hatte Franzi mit ihrem Vorschlag noch einen Hintergedanken: Sie musste mit Nico und mir auf den Berg; beide Elternpaare konnten nichts dagegen einwenden.

Clarissa und Amelie schauten sich zweifelnd an. Sollten sie den Kindern diesen Ausflug erlauben?

Doch Victor meinte lachend: „Es wird bestimmt nicht schon wieder ein Verbrechen begangen werden. Gönnen wir den beiden doch noch ein paar Tage mit Irmgard, Heli und ihrem Freund Charlie!“

Und so verabschiedeten sich die Hüttenwirte; ich durfte noch einmal in das Haus, in dem ich geboren worden bin.

Schlussakkord
Katzen weinen nicht

Franzi und Nico blieben noch einige Tage auf dem Stahlhaus. Natürlich hatten die Berichte und Bilder in der Presse und die Sendung im bayerischen wie im österreichischen Fernsehen zur Folge, dass der Besuch des Stahlhauses, wie schon anfangs erwähnt, ein Muss für Touristen wie auch für Einheimische darstellte.

Wieder bildeten sich lange Warteschlangen an der Talstation der Jennerbahn, wieder wurden Tickets mit den Zeiten für die Talfahrt ausgegeben.

Die Kinder und ich hatten kaum eine ruhige Minute, so dass wir am Tag bald vorzogen, uns abseits der gängigen Wege aufzuhalten. Poldi konnte schon länger nicht mehr als mein Double herhalten, da unser beider Konterfei in den Medien öffentlich gemacht worden war.

Ich teile das Los mit anderen berühmten Persönlichkeiten – ich habe kaum noch ein Privatleben.

Weil aber eine Schlechtwetterfront dafür sorgte, dass das Wandern in den Bergen und somit der Besuch des Stahlhauses kein reines Vergnügen mehr bereitete, kehrte allmählich wieder Normalität ein.

Franzi und Nico blieben, bis sie sich beim Regenwetter zu langweilen begannen. Immer kann man auch nicht „Mensch ärgere dich nicht" spielen. Ich kann diesem Spiel sowieso nichts abgewinnen, denn ich darf mich nicht beteiligen; nur zu gerne hätte ich mit den Pfoten nach den Spielfiguren geangelt.

Bei Sonnenschein kamen die Kinder doch wieder für ein paar Tage hinauf und wir durchstreiften wie früher die Gegend.

Dann neigten sich die Sommerferien ihrem Ende zu. Doch bevor Nico wieder nach München musste – laut Amelie und Clarissa beginnt nun für ihn wie auch für Franzi, der Ernst des Lebens, denn sie werden im neuen Schuljahr das Gymnasium besuchen – fand auf dem Stahlhaus ein großes Abschiedsfest statt. Alle, die mit den Ereignissen des Sommers zu tun gehabt hatten, waren eingeladen (die Übeltäter, die Verursacher der Schandtaten und die Handlanger waren natürlich ausgeschlossen), und alle kamen. Sogar Poldi hatte sich eingefunden, obwohl er sich neben mir trotz seiner Schönheit deplaciert fühlen musste. Ich habe dann ihm zuliebe die Medaille, die mir der Bürgermeister der Marktgemeinde Schönau verliehen hatte und die ich mir für dieses Fest umgehängt hatte, wieder abgelegt.

Poldi sollte doch keinen seelischen Schaden erleiden. Vielleicht werde ich ihn von nun an in Frieden lassen, aber nur vielleicht...

Wanderern und Touristen wurde für diesen Tag das Schneibsteinhaus als Alternative angeboten - Christa und Gottfried hatten extra eine Aushilfskraft engagiert – denn das Stahlhaus stand ausschließlich uns zur Verfügung.

Es war einer dieser besonders schönen Spätsommertage; wir konnten lange draußen sitzen und am Abend zogen wir uns in die gemütliche Gaststube zurück.

Die Gäste blieben natürlich über Nacht; ich durfte mich noch einmal zu Franzi unter die Bettdecke kuscheln. Inzwischen ist mir ja längst klar geworden, dass der Ausdruck „unter einer Decke stecken" nur als Metapher gebraucht wird und nicht wörtlich zu nehmen ist.

Am nächsten Morgen hieß es dann Abschied nehmen. Alle waren sehr gerührt: Franzi nahm mich auf den Arm und ... weinte ein bisschen, obwohl sie mich ja noch weiter ohne großen Aufwand besuchen kann.

Sie drückte mich ganz fest.

„Charlie, wir werden dich vermissen!"

Ihre Stimme klang ganz klein und belegt.

„Auf Wiedersehen, Charlie!", kam es von Nico, „wir kommen nächsten Sommer bestimmt wieder!"

Und dann waren sie fort, die Kinder. Mir wurde plötzlich ganz seltsam zumute, ein wenig flau in der Magengegend. Die Gesellschaft der Kinder wird mir fehlen. Die gemeinsamen Erlebnisse haben unsere freundschaftlichen Bande noch fester geknüpft.

Ich habe gehört, dass Tränen den Abschiedsschmerz lindern, doch Katzen kennen keine Tränen.

Nein, Katzen weinen nicht!

Auf dem Stahlhaus kehrte noch keine Ruhe ein, denn die schönen Herbsttage werden von Wanderern und Bergsteigern bevorzugt. Vielen von ihnen waren die Ereignisse des Sommers bekannt und fanden es aufregend, mich zu treffen, mich, den berühmten Kater, der entscheidend dazu beigetragen hatte, dass ein Verbrechen, begangen in der Idylle der bayerischen Alpen, aufgeklärt worden ist.

Epilog

Die Häuser und Höfe in der Schönau wie auch die Schönbichlalm sind fiktiv.

Alle anderen Orte kommen in der Realität vor.

Auch die Hüttenwirte vom Stahlhaus und vom Schneibsteinhaus existieren in Wirklichkeit. Das Stahlhaus allerdings wurde 2011 umgebaut, ein neuer Hüttenwirt hat die Pacht übernommen.

Auch Poldi erfreut sich auf dem Schneibsteinhaus des Lebens, Charlie ist inzwischen stolze 17 Jahre alt und lebt bei Heli in Salzburg. Irmgard ist 2010 leider allzu früh von uns gegangen.

Ich bedanke mich bei Stefanie Stoeckle, die das Ganze gelesen und mich auf ein paar Ungereimtheiten und Tippfehler hingewiesen hat, und ein Dankeschön all den Personen, die mich mit sachdienlichen Hinweisen unterstützt haben.